ツバサの自由研究

磯笛の絆

水野次郎
Jiro Mizuno

出窓社

ツバサの自由研究

磯笛の絆

いそぶえのきずな

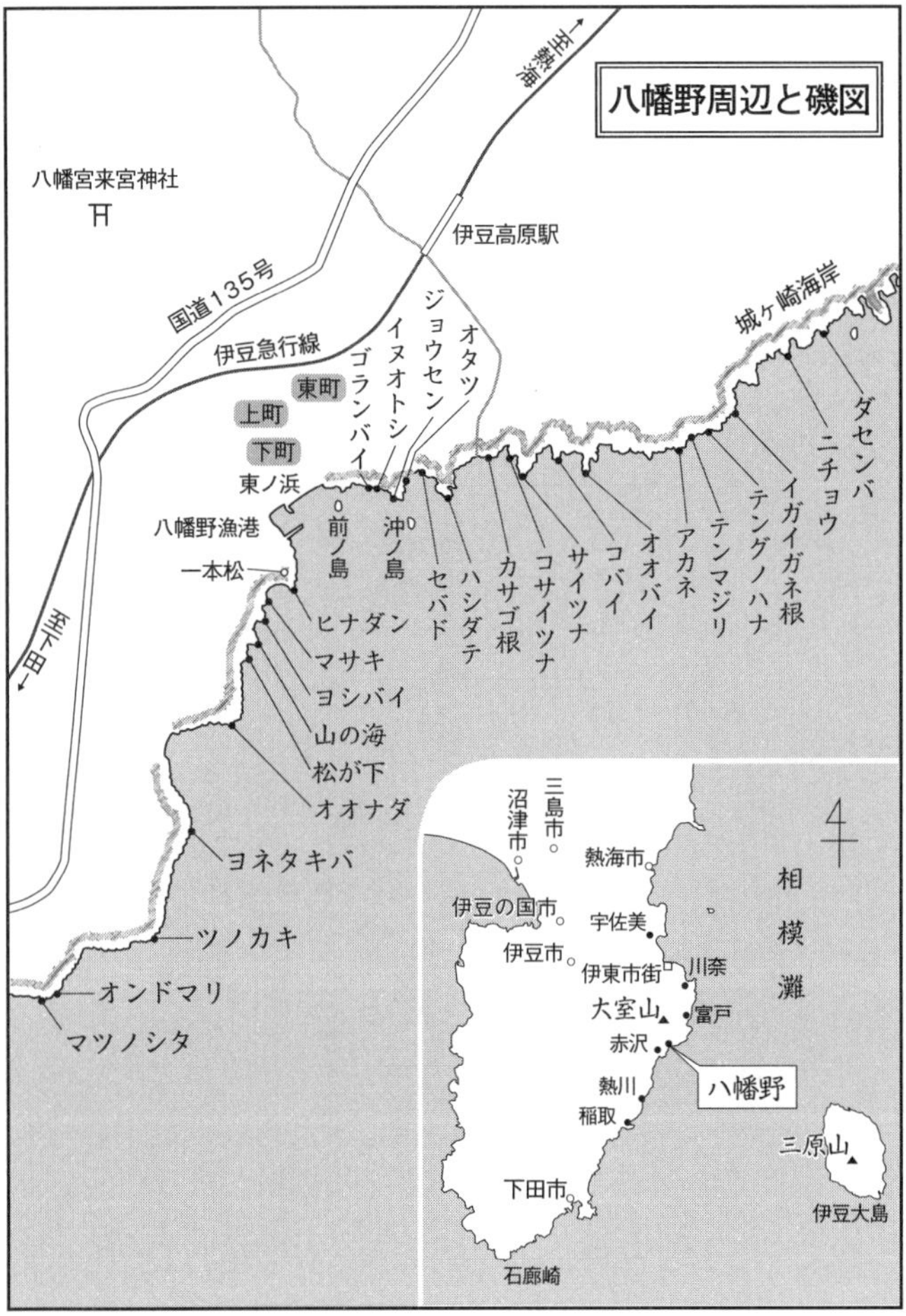
八幡野周辺と磯図
至熱海
至下田
八幡宮来宮神社
国道135号
伊豆急行線
伊豆高原駅
城ヶ崎海岸
東町
上町
下町
東ノ浜
八幡野漁港
一本松
前ノ島
沖ノ島
オタツ
ジョウセン
イヌオトシ
ゴランバイ
セバド
ハシダテ
カサゴ根
コサイツナ
サイツナ
コバイ
オオバイ
アカネ
テンマジリ
テングノハナ
イガイガネ根
ニチョウ
ダセンバ
ヒナダン
マサキ
ヨシバイ
山の海
松が下
オオナダ
ヨネタキバ
ツノカキ
オンドマリ
マツノシタ
沼津市
三島市
熱海市
伊豆の国市
宇佐美
伊豆市
伊東市街
川奈
大室山
富戸
赤沢
八幡野
熱川
稲取
下田市
石廊崎
相模灘
三原山
伊豆大島

プロローグ

「お父《とう》さん、どうしたの？　なんかへんだよ」

返事を待っていたツバサは、父親が腕組みをしたまま黙り込んでいることに、小さないらだちをみせた。弟のヒデは話から関心がそれ、膝《ひざ》を立ててせっせと大皿のサラダをよそっている。母親のミナコは、ヒデが卓の上にこぼした、野菜やイカの切れ端《はし》をひろっていた。夕食の膳《ぜん》を囲みながら、ひとり物思いにふけっていたテツは、いっしゅんバツの悪そうな顔をして口ごもった。

「あ、いや、ちょっと考えごとしてただけさ。それで何だっけ？　大きな津波が来たら東《ひがし》ノ浜《はま》からこっちが、どうなってまうかってことだったかな」

あわてて取りつくろうテツの脳裏《のうり》には、三十年前のある光景が蘇《よみが》えっていた。

夏の盛り、大地は陽炎《かげろう》に揺れていた。雲影ひとつない空からは灼熱《しゃくねつ》の陽がさんさんと降り注ぎ、相模灘《さがみなだ》はきらめく輝きに色を消している。はるか水平線の果てまで、無数の発光体を敷き詰めたような海原《うなばら》だった。東ノ浜に歩を進めると、磯辺《いそべ》の石は火の玉と化し、ひとときも足をおいてはいられない。額から流れる汗のしずくが、石の上に黒い染みを作ってはたちまち消えた。テツは「足を冷やそう」と言って波打ちぎわにキヨシを誘った。浜を見下ろす崖上《がけうえ》からは、鳴き競う蝉《せみ》の声がわんわんと降ってくる。切り立った黒い崖の上には森の緑が広がり、抜けるような青い空とともに、深い原色が鮮やかな色の対比を描いていた。

二人は海に足を浸し、遠くに浮かぶ伊豆大島に向かって石を投げたり、岩陰に逃げるカニを追って船の帰りを待った。小学生最後の夏休み、こうして浜にやってきて時を埋めるのは、このところ二人の日課になっている。容赦《ようしゃ》ない照り返しに、テツが軽いめまいを覚えはじめた頃、エンジン音が遠くに聞こえ、銀色の海に小さな影が浮かんだ。黒い影は光る海を切り裂きながら、みるみるこちらに近づいてくる。空に響くエンジン音に共鳴するように、テツの胸も高鳴りはじめた。浜ぎわの小さな港には五艘《そう》ばかりの船が波に揺れており、堤防には軽トラックが止まっている。車から、船の帰りを待っていた二人の男が姿を現した。閑散《かんさん》とした入り江の小さな漁港に、他の人影は見当たらない。船が前ノ島をかすめ、堤防を回りこんで港にすべり込むのを認めると、テツは「よし、行くぞ！」とキヨシに声をかけ、磯を駆けた。

ここ伊東市八幡野《やわたの》漁港の脇にある東ノ浜は、大小の丸石ばかりの、いわゆるゴロタ場である。砂浜とは違って足をとられやすく、普通に歩くだけでも骨折りである。二人は、焼ける石に足の裏を焦《こ》がしながらも、ひょいひょいと慣れた足取りで、巧みに大石をかわしていった。入り江にひそむ魚港と、向かい合わせにそそり立つ断崖《だんがい》に挟《はさ》まれた小さな浜のこと。すぐに二人の影は堤防に達し、いつものように大人二人と子ども二人で船を迎える格好になった。

テツの父親が操船する船に乗っているのは、この海で漁をする海女《あま》の母娘《おやこ》である。昨年までこの船に乗る海女は、エッちゃんと呼ばれる母親一人だったが、このごろは春に高校を卒業した娘が一緒に潜《もぐ》るようになっていた。テツは今年になるまで娘のことは知らなかったが、最近その姿を何度か遠くから目にしている。浜の片隅に若い男と並んで座り、男が弾くギターに合わせて歌っているのだった。テツはテレビドラマに出てくる若い恋人同士を見るような、ちょっとしたときめきを感じている。そこには他人には立ち入りがたい、二人だけの秘めやかで幸福な世界がつくられていた。

船が岸壁に達し、テツの父親と男たちが寄せた船をロープで舫《もや》っている間に、テツとキヨシは堤防から船に向かって身を乗り出した。船べりで、母親が「はいよっ!」と声をかけて差しだしたスカリ網《あみ》を、二人は堤防の上から受け取る。

「すげえ、今日も大漁だね!」二人の顔に喜色がはじけた。船の中には七つほどのスカリが積まれている。テツとキヨシは、ときどき浜の子どもたちと近場の海に潜って貝を採るが、何人でかかってもこれほどの収穫を手にすることはない。サザエが入ったスカリは大きな石を思わせるほど、ずっしりと重かった。軽トラックの荷台にスカリを積むと、続いて娘がスカリを抱えてやってくる。

黒い潜水服からのぞかせるその腕は、地肌まですっかり日に焼けた母親のそれとは別物だった。二人の色あいの違いはただちに見てとれ、伊豆の花にたとえれば、母親が薄紅色《うすべにいろ》の河津桜《かわづざくら》、かたや娘はほのかな桜色がさす大島桜だろうか。テツたちに接する親しげな心情とともに、姉《あね》さんかぶりをしている手ぬぐいの隙間《すきま》からのぞかせる柔和な目が、テツを温かく包み込んでくれた。

「船が戻ったら港に行って手伝いをするよ」というのが言葉かぎりなのは知れている。テツは、娘会いたさに手伝いを買って出ているのであり、キヨシも同じ下心《したごころ》があることは判《わか》っていた。母と娘から次々と受け取ったスカリを、二人がすべてトラックの荷台に積み込むと、父親がサザエの入った青いプラスチックのバケツを二つ重ねてテツに差し出した。

「ほら、今日はこれだけだ。母さんに湯がいてもらいな」

もともと寡黙《かもく》なたちの父親は、年がいってから授《さず》かった一人息子のテツに対して、どこかぶっきらぼうなところがある。大きな年齢の隔たりが、ちょっとした距離感を作っていた。その父親からむぞうさに渡されたサザエとシッタカをキヨシと分け合えば、二人の仕事は終《しま》いである。テツがはやる気持ちでバケツに手を入れた時、人差し指にさっと鋭いものが走った。

「痛ッ！」

テツが小さく叫んだ時には、指先から鮮血が滴《したた》り落ちていた。

「あっ、切ったな」というキヨシの声に気づき、船を降りて帰《かえ》り支度《じたく》をしていた娘が、「どうしたの、大丈夫？」と駆け寄ってきた。娘はテツの手首をつかんで傷の状態を確かめると、ほっとした顔つきをして見せる。

「そんなに深くなさそうよ。でも、バイキンが入ったら大変だから」

娘は、肩にかけていたバッグの中から水筒を取り出すと、片手で器用にコップを外して氷水をかけた。娘は、かぶっていた手ぬぐいを取るとテツの指先に当て、「血はすぐに止まるから。帰ったらお母さんに手当てしてもらって」と言って、そろそろと手を離した。

素顔の娘を、これほど間近で見るのは初めてのことだった。テツは指の痛みを忘れ、大丈夫よと微笑《ほほえ》みかけてきたそのまなざしに、心がとろけるような恍惚感《こうこつかん》を覚え、なかば夢見心地になった。

娘は、少女のあどけなさを残しながらも、母性がきざしはじめた女性ならではの優しさとたくましさを湛《たた》えている。今まさに、大人の女へと脱皮するひとときの輝きを、からだの内から発散していた。娘の背後に広がる紺碧《こんぺき》の空と、頭上できらめく金色《こんじき》の太陽が、一幅《いっぷく》の絵のようにテツの記憶に焼きつけられた。

「すまんな、世話ぁかけて」というテツの父親に、娘は「また明日お願いします。明日はお母さん、畑に行ってもらうから、私一人で出ます」と笑顔で返した。

「わりいけンど、あさってから台風が来るみたいだから。ちょっとトマトとナスを手当てしときたいさ。去年みたいにダメにしてまったら、もったいないからねぇ」

母親も娘の頼みにかぶせるように言葉を投げかけた。二人はテツの父親に頭を下げ、東ノ浜の崖下にある海女小屋《あまごや》に肩を並べて歩いていった。テツは、指先に残った氷水のつめたい感触と、手首を包んだ白い掌《て》のぬくもりを忘れられない。

その翌日、日が高くなった頃のことである。テツは学校のプールから走って帰ってきた。家の引《ひき》戸《ど》を開け「ただいま！」と息を切らせて玄関に足を踏み入れたが、いつものように声は返ってこない。十一時には父親が漁から帰ってくる。急いで行かなきゃと、娘に借りた手ぬぐいを取りに二階の物干しに上ると、遠くに聞こえていたサイレンの音がいちだんと大きくなってきた。テツは驚いて音の方向を見やると、すぐ先の国道から脇道に入ってきたパトカーと救急車が、けたたましいサイレンを響かせながらゆっくりと目の前を通り過ぎていく。あわててテツが階段を駆け下りて外に出ると、二台の車両は港の手前で速度を落とし、ゆっくりと堤防の方へ下っていった。港には多くの大人たちが集まっており、なにかの異変が起きたことを告げている。テツは胸さわぎがして、堤防に向かって走った。船だまりには十艘ほどが浮かんでおり、父親の船も泊まっている。

―いったい、何が起きたのだろう。父親の身に何かあったのだろうか。それとも……。

おそるおそる人垣に近づいていくと、騒然とする船着場を遠巻きに囲む、大人たちのひそひそ話と、その向こうから女性の号泣《ごうきゅう》が聞こえてきた。

「若い海女さんだってよ」「可哀想《かわいそう》にねぇ」「今日はエッちゃん、一緒じゃなかったんだってさ」「エッちゃんがついてたら、こんなことにならなかったかもしんないねぇ」などと、大人たちが低い声で言いかわしている。エッちゃんが、娘の母親の名前であることは、テツも知っていた。人垣の間から見えるのは、黒い潜水服で横たわった人のからだと、声をあげながら野良着《のらぎ》ですがりつく女性。その横に座《すわ》って身をふるわせているのは、テツの父親だった。中腰で父親をのぞきこむようにしている警官の横には、テツの母親が不安気に立っている。ほどなくテツの姿を見つけた母親が、小走りでテツのもとに駆け寄ってきた。母親が目をつりあげて「あんたは帰ってなさい。今日はこっちへ来ちゃだめだよ」と言う声を、テツは呆然《ぼうぜん》と立ち尽《つ》くしながら耳にした。

叱責《しっせき》するような母親の声に、テツはやっとの思いで足を動かし、踵《きびす》を返して家に走りこんだ。帰っても、体ががたがた震えて止まらなかったが、二階へあがり自室の片隅にうずくまって、両親の帰りを待った。何度か、あわただしく人が出入りする音がして、そのつどテツは階段の上からこわごわとのぞき見た。夕方、両親とともに警官が家に来て、階下ではいつまでも大人たちのひそやかな話声が続き、時おり父親の荒げる声が耳に飛び込んでくる。生まれて初めて他人の死に接したテツは、その夜いつまでも寝つけなかった。静寂《せいじゃく》を割って漏《も》れてくる父親の嗚咽《おえつ》は、暗い海にひびく海鳴りのように、テツの胸に迫ってきた。そしてこの日を境に、親子三人の暮らしは一変したのだった。

一

「前に、父《とう》さんたちが八幡野の海女《あま》漁《りょう》保存会を作ったって言っただろ。覚えてるか」

正気に返ったテツが、横に座る娘のツバサと、向き合っている息子のヒデに視線を流した。八幡野の海女漁保存会とは、二年半前にテツが一家とともにこの町に戻り、漁協に勤めはじめてから発足させた組織だった。

「覚えてるよ。若い海女さんを育てようっていう計画でしょ」

中学二年生になるツバサが、もちろんよとばかりに顎《あご》をちょんと突き出した。

「今日、会の三人で初めてエッちゃんにその話をしてな。それで、ツバサが東ノ浜のことを聞いてきたから、ちょっと海女のことを思い出してたのさ」

海女のエツコは、まもなく七十歳になろうとしているが、港の誰もがエッちゃんと呼ぶ。老いながらもなお潜り続けている現役の海女だった。

「それでエッちゃんのお返事、どうだったの？」

美容師をしているミナコは、エッちゃんとの交流はないが、テツから過去の話は聞いているので、事の成り行きは気にしている。卓の上でまご茶の支度《したく》をしながら、ちらと横目でテツを見てたずねた。とれたてのアジとイカの足を刻み、生姜《しょうが》とネギを混ぜ、胡麻《ごま》を散らしてご飯に乗せる。そこへ熱い茶をかけるまご茶は、子どもたちの好物である。湯気の立つ飯椀《めしわん》を渡されたツバサとヒデは、待ちかねていたようにふうふう息を立てながらまご茶をすすり始めた。

「うん、あまり気は進まないんだって。やっぱり娘さんのこともあったから、若い子に教えるのはどうもってな。何年たっても、昔のことが忘れられないのは仕方ないさ」

ツバサとヒデをちらと見て、テツは再び口をつぐむと、腕ぐみをといてグラスにビールを注いだ。かけがえのないわが子を失ったエッちゃんの気持ちを思うと、テツも身につまされる。それはわかっているのだが、海女漁保存会の三人で訪ねた時の、エッちゃんのかたくなな態度は、想像していた以上だった。

「なんとか、八幡野の海女漁を存続させていきたいので、後進を育てるのに力を貸してください」と、頭を下げるテツに、「テツも立派な男ンなったなぁ」と目を細めながらも、最後までエッちゃんは色よい返事をしなかった。エッちゃんに話をした時、ふと自分の手首を包んでくれた娘の柔らかい手と、ひんやりした氷水の感触が蘇《よみが》えった。事故から三十年あまり、エッちゃんとこうして向き合うのは、あの夏以来はじめてのことだった。テツ自身の気持ちの中で、娘の事故は父親の思い出とともに胸の奥深くに封じこめた記憶である。それに今はそのことよりも、八幡野の貴重な文化を残していきたいという保存会の趣意が、テツの心を支配していた。

テツは、グラスをぐいとあおった。エッちゃんの過去と今を胸の中でない交ぜにして、一気に流し込むビールはいっそう苦い。まご茶を食べ終えたツバサは、再び黙り込んでしまったテツに、少し首をかしげて言った。

「海女の仕事って、きっと大変だよね。私、ちょっと深いところ潜《もぐ》っただけで、怖くなるもん。ヒデなんか、一メートルも潜れないでしょ」

「そんなことないよ。この前、堤防ンところで、底の石に手が着きそうになったんだから。姉《ねえ》ちゃんこそ、もうずっと海に行ってないだろ。俺《おれ》の方が泳げるよ。学校でも六年生の中じゃあ、いちばん上手《うま》い方なんだから」

ツバサに茶化《ちゃか》されたヒデは、白い飯粒《めしつぶ》をつけた頬《ほお》を膨《ふく》らませた。ツバサも、すました顔つきで応じる。

「もう私、小学生じゃないんだから。部活なんかがあって、忙しいのよ」

そう言いながらもツバサの胸に、ふと淡い思い出がこみ上げる。横浜に住んでいた頃から、祖母が一人で暮らすテツの生家であるこの家には、一家でときどき遊びに来ていた。ヒデが小学校に上がる時分になると、夏には二人で堤防に行っては、近所の子どもたちと港に飛び込んだものだ。

「父さんがお前らの頃はな、おやつなんか自分で調達したモンさ。土曜日は、学校から帰っても家に昼飯は用意してなかったんだから。みんなで東ノ浜に行って、泳ぎの上手いやつが潜って、サザエやシッタカを採ってくる」

「シッタカって、この前味噌汁で食べた貝だよね」

「そうそう、あのサザエを小さくしたような黒い巻貝さ。最近はずいぶん減ってまったけど、昔は潜れば簡単に拾えただよ。それで採った貝を浮き輪番に渡して、また潜る。その繰り返しで、みんなが食べる貝をどんどん貯めていくのさ。ありゃあ楽しかったな。たぶんそのせいさ、父さんが貝を大好きなのは」

そう言ってテツは、目の前にあるトコブシの酒蒸《さかむ》しに手を伸ばした。トコブシはアワビをそのまま小さくしたような一枚貝で、横の皿には身を食べ終えた貝殻《かいがら》が何枚も積まれている。漁協が経営するダイビングセンターに勤めるキヨシが、仕事の合間に東ノ浜で拾ってきたという収穫のおすそ分けだった。

「ねえ、浮き輪番って何？」こんどは二人が口をそろえてたずねかけた。

「そりゃ言ってもわかんないよな。だったらお前ら、スカリは知ってるか？」

「知ってる。釣った魚とか、入れる網だよね。イサムさんの船で見せてもらったことがある！」

知らないと首を振るヒデを横目に、ツバサが得意げな顔をしてみせる。

「そう、貝を採りに行く時は、そのスカリを二つ三つぶら下げた浮き輪を、沖まで浮かしていってな。だけど、人がついてないと、浮き輪が潮に流されてまうだろ。浮き輪を海の上で守りながら、貝を採ってくる人間を待つ役が浮き輪番だ。潜るのは苦手でも、浮き輪につかまって泳げるやつらがその担当さ」

「ふーん、じゃあヒデは浮き輪番だね。それも難しいかな。あんたはじっとしていられないだろうから」

ツバサは可笑《おか》しそうにヒデを見た。ヒデは、自分は浮き輪番ならすぐに勤まる。潜る役だって、じきにできるようになるよと、ツバサに食ってかかった。テツは、二人の小さな諍《いさか》いを気にとめずに続ける。

「もうひとつ丘番っていうやつもいてな、浜で流木集めて火イ焚《た》いて、浮き輪の帰りを待ってるのさ。大きな缶に海水を入れて、沸《わ》かしておくのが丘番の仕事だよ。漁が終わったら、採ってきた貝をゆでて、みんなで分け合って食べる。適当に塩っ気がきいてて、本当にうまかったなぁ。ただ、いっぺんにあんまり採りすぎると貝がいなくなってまうから、みんなで頃合いを見はからってな。そうやって貝が絶えないように気をつかってたから、いつも腹いっぱいになっても余るくらい、たくさん採れたモンだ」

「いいなぁ、楽しそうだね。それでお父さんは、何の役だったの?」

津波の話はすっかり頭から消え、話に乗って嬉々《きき》としてたずねるツバサに、テツは思わず言葉が詰まった。

「も、もちろん、貝を採ってくる役さ。いちばん威張《いば》ってられるんだぞ」

そう言ったテツだったが、潜りは達者な方ではない。もっぱら浮き輪番がテツの役回りだったが、子どもの前でとっさに見栄を張ったのだった。「ふーん」と言って顔を見合わせるツバサとヒデに、ミナコはいたずらっぽい目を向けた。

「お父さんが泳いでるところ、あんたたち見たことないでしょ。あんまり上手じゃなさそうだから、丘番だったかもよ」

「ば、馬鹿《ばか》言うな。父さんは、小学生の時に前ノ島まで泳いだんだぞ。あそこまで行ったら一人前。沖ノ島まで泳げたら、尊敬の対象だ！」

前ノ島は八幡野漁港の灯台の先、三十メートルほどの沖合いにぽつりと浮かぶ。沖ノ島へは、さらに倍の距離を泳ぎ進む。いずれも海が少し荒れると波間に消える、小船ほどの頼りない沖磯《おきいそ》である。だが子どもたちの泳力を測るのに、昔も今もうってつけの指標になっていた。

「今じゃ、食いモンにも困らないし、遊びだってお前ら、テレビゲームばっかだからな。だいたい、一緒に遊ぶ子どもも減ってまってさ。乗り初《の》めん時《ぞ》は何人もいなかったじゃないか？」

乗り初めとは、毎年一月二日に一年の豊漁を願って行われる八幡野漁港の正月祭りである。今年はテツも旅館などを回ってチラシ配りに精を出し、三百人ほどの観光客を集めてにぎわった。満艦《まんかん》飾《しょく》の大漁旗《たいりょうばた》が立てられた魚船から、船主たちが餅《もち》やおひねりをまき、テントでは港の町民たちが味噌汁をふるまう。キンメダイやフジツボ、海草のクロメが入った磯の香り豊かな味噌汁は好評で、観光客は寒風の中でも長い列を作る。ツバサは昨年から、大人たちにまじって手伝いをするようになっていた。ツバサとヒデは乗り初めの光景を思い浮かべ、ぶつぶつ友達の名前を挙げながら指を折ってテツの問いかけに答えた。

「下町《したまち》に女の子が一人。上町《うえまち》には男の子が一人いて、女の子が二人かな」

「小学生は全部で五人くらいいるよ！」

「まあ、そんなもんだろうな。父さんたちの頃だったら、声をかけたらすぐに二十人は集まってきたけどなぁ。ここも寂しくなったモンだよ」

それまで笑っていたテツの顔に、かげりがさした。下町とは、テツの家から坂を下った八幡野漁港周辺の集落のこと。五十軒ほどの家があり、魚屋や民宿《みんしゅく》、釣具屋、雑貨屋、酒屋、床屋などの古い店が軒《のき》をつらねている。上町は、ずっと世帯数は多いが百軒まではない。下町とは違って、ほとんどが民家である。伊東市南部、観光地として知られる伊豆高原や城ヶ崎海岸の近くにありながら、人のにぎわいとは無縁に、ひっそりと息づく港町がここ八幡野上町と下町だった。

父親が漁師をしていたテツは、八幡野の上町で生まれ育った。だが中学校に入ると間もなく父親が急死し、家が漁師を廃業したので、やむなく高校卒業後に町を離れた。テツはトラックの運転手をしている先輩《せんぱい》のすすめで横浜の運送会社に就職したのである。本心では地元に残りたい思いもあったが、伊東は観光の町である。若い男が勤める職場は限られていた。男女の差はあれ、建築関係や商家などの家業《かぎょう》をつがない同級生たちは、ホテルや土産物屋《みやげものや》、テーマパークなどの観光施設、あるいは交通関係の職場に入った。なかには警察や消防、自衛隊といった安定した道に進む者もいたが、門戸は広くない。サッカー漬《づ》けの高校生活を送ったテツに、公務員試験の勉強に向きあう選択肢はなかった。「やったらやっただけ稼《かせ》ぎになるだよ」という先輩の言葉は、テツの心にひびいた。ただ母親一人を残していく気がかりはあったので、二時間ほどで帰ってこられる横浜に職場を選んだのである。

テツが一歳年下のミナコと知り合ったのは、働きはじめて五年ほどたった頃である。初めての出会いは十七年前の秋、街路樹の銀杏《いちょう》が色づきはじめた季節のこと。ミナコが勤める美容院が取り寄せる、シャンプーやリンスなどの荷物を届けはじめたのがきっかけだった。荷物を受け取るミナコと幾度《いくど》となく顔を合わせるようになり、ある日「こんど、ゆっくり話でもしようか」という言葉が思わずテツの口をついた。数日後、ミナコは待ち合わせの喫茶店にやってきた。この日はいつも美容院で目にする、白いTシャツと黒いパンツの姿ではない。麻葱色《あさぎいろ》の地に、小花柄がプリントされたロングのワンピースは、はっと息をのむほど背の高いミナコに似合っていた。たえず笑みをふくんだ瞳《ひとみ》と、艶《つや》のある長い黒髪が肌の白さを際立たせている。ミナコは秋田県の出身だと言った。ミナコはテツが繰り出す他愛《たあい》もない八幡野の思い出話や、サッカーの話題を面白そうに聞いてくれる。テツは美しい女性という第一印象とともに、他人の気持ちがわかるひとであることを会話から感じとった。テツはその笑顔に吸い込まれ、しんそこ一緒になりたいと思った。ミナコもテツのさっぱりした性格を好ましく思い、半年ほどの交際で二人は結婚し、ほどなくツバサを授《さず》かる。三年後にはヒデも生まれて、テツは都会暮らしにも居心地の良さを感じはじめていた。先輩の言葉通り、テツは人一倍働いたので稼ぎも悪くない。ヒデが小学校に上がってからは、ミナコも美容院のパートに出ており、暮らしに多少のゆとりもできていた。そんな時分のことである。テツに「八幡野に戻って漁協にこないか？」という誘いが持ちかけられたのは。

三年ほど前のある日突然、電話で呼ばれて足を向けた八幡野漁協、正確には『いとう漁協八幡野支所』の事務所で、テツを待っていたのは所長と県会議員の岩神春実《いわかみはるみ》だった。テツは亡《な》き父の後を受け、漁協の組合員の資格は持っているが、父親が漁師を廃業したのでそれを意識したことはほとんどない。事務所を訪ねるのも初めてのことであり、漁協は漁師たちの生活を守る大切な組織という程度の認識にすぎなかった。所長は「八幡野も、このままじゃどんどん廃《すた》れてってまう。なんとか若い力で盛り返したいのさ」と、現状を憂《うれ》うる想いを切々と訴えた。八幡野だけでなく、単独の漁協として経営してきた近隣の宇佐美《うさみ》、川奈《かわな》、富戸《ふと》、赤沢などの小漁協は十七年前の平成六年にいとう漁協に統合され、さらに五年後には八幡野も加えて一本化されてきた経緯がある。経営の合理化のため、市場が集約されたのだ。八幡野もかつては、仲買人が魚介類を買いつけにきたり、地元の人たちに魚介類を販売するなどしてにぎわっていたが、いまや昔日《せきじつ》の面影《おもかげ》はない。県会議員の岩神がその場にいたのは、県としても水産を柱とした観光施策に梃入《てこい》れする考えがあり、八幡野海女漁の保存事業もその一つだった。

テツは悩んだ。それなりの収入と都会暮らしへの未練《みれん》もあり、おいそれと話には乗れない。ミナコとも、夜遅くまで何度も話をした。だが、最後にテツの背中を押したのはミナコだった。「ツバサが中学校へあがる前に一年あるから、小学校のうちに友達もできて、ちょうどいいんじゃないかな。ヒデにとっても、良い環境だし」。ヒデはアトピー持ちで、背中の皮膚《ひふ》が荒れて悩んでいたのだが、八幡野へ遊びに来たときは、不思議と二、三日で治ってしまう。医師は「水と空気が良いのでしょうね」と言った。じっさい八幡野の水道は、天城連山《あまぎれんざん》の地下水系を水源としているので水質は格別に良く、伊東の街なかの人がうらやむほどである。そうした子どもたちの事情もあったが、ミナコはテツの言葉の端々《はしばし》から、故郷に寄せる思いの強さを感じとっていた。だがそうは言ったものの、見知らぬ町への移住には少なからぬ不安を抱いていたミナコだったが、最後は「オレがついてるから、大丈夫さ」と胸を叩《たた》くテツを頼りに、一家ともども居を移すことにしたのだった。

とつぜん四人の家族が増えるというのはテツの母親、つまりツバサの祖母にとっては吉報だった。夫を亡くし、テツが家を出て以来二十年ほど、さびしい一人暮らしを続けてきたのである。家族みんなで集う日々が、人生の終末に巡ってきた僥倖《ぎょうこう》に涙した。テツの一家が転居してきたその日から、祖母の新しい人生が始まった。気持ちばかりか見た目にも若やいで、その変わりようは近所でもちょっとした評判になるほどだった。そんな祖母も、ふだんであれば一緒に食卓を囲んでいるのだが、珍しくこの日は暑気《しょき》あたりだと言って、すでに床に就いている。久しぶりで、親子四人だけの夕食になっていた。

「しばらく離れてた間に、八幡野もすっかり変わってまってさ。ときどき、子どもの頃が懐《なつ》かしくなるだよ」

テツは、遠くを見る目つきをして、ぬるくなったビールを飲み干した。するとツバサがふと思いついたようにテツの肘《ひじ》をつかみ、せがむように言った。

「ねえ、お父さん！　私、夏休みの自由研究で海女のことやってもいいかな？　テーマを何にしようかって、ちょうど悩んでたところだったの」

唐突《とうとつ》な娘の申し出に、テツは不意をつかれる思いがした。なにげなく海女の話をしたのだが、ツバサがこれほど関心を寄せてくるとは意外だった。だが考えてみれば、ここに住んでいるからこその思いつきではある。そのうえ保存会にとってもいいことかもしれない。

「そうか、ツバサは海女に興味持ったのか？　だったら、明日にでもエッちゃんに話しといてやるよう。せっかく調べるんだったら、船にも乗せてもらったらいいさ。だけど船の上は、庇《ひさし》とかないから暑いぞう」

「そんなの平気よ！　それより何か面白そうじゃん。どんなやり方で漁をしているのかって、想像もつかないわ。もし船に乗せてくれなくても、お話を聞けるだけでいいから、お願いしてみて」

すると二人の会話を聞いていたヒデが口をはさんできた。

「いいなあ姉《ねえ》ちゃん、海女さんの船に乗せてもらうのか。俺もついてってていい？」

「ダメよ、遊びじゃないんだから。ヒデも中学になったら自由研究でやったらいいよ」

休戦もつかの間、言い争いをはじめた二人だったが、ミナコはかるく眉根《まゆね》を寄せた。

「ねえお父さん、あのこと話しておいた方がいいんじゃゃない？　ツバサだって、知っておくに越したことはないから」

「ああ、そう言えばそうだな。話だけでもしておこうか」

テツはツバサに顔を向けると、ついさっき呼び戻した思い出をこんどは言葉にした。

「実はエッちゃんはな、以前に自分の娘さんを亡くしているんだ。その娘さん、やっぱり海女ンなってて、八幡野でも評判の孝行娘だったさ」

再びテツは、娘の姿を思い浮かべる。あの娘がいたら、今ごろ後継者の問題で町が揺れることもなければ、こうしてわが家の食卓の話題にも上っていないだろう。テツはふと、娘との因縁めいたものを感じた。かたやツバサは、予期しなかった話にとまどいを覚えた。

「以前っていつ頃のことなの。私が生まれる前のこと？」

「ああ、もっとずっと前さ。父さんがヒデくらいの歳だったから、三十年以上は経《た》つかな。あの時は救急車やパトカーが来るし、町中《まちじゅう》の人たちが港に集まって、大騒ぎになっただよ」

再びテツの脳裏に、悲しい記憶がよぎった。

「港に集まったってことは……海で亡くなったの？」

「ああ、海女漁の最中にな。漁の仕方も今と違ってたさ。何年か前から、八幡野の海女はボンベ使って潜ってるけど、それまでは面潜《めんせん》って言って、船の上からホースで空気を送ってたのさ。コンプレッサーっていう機械を使ってな。そのホースが岩に引っかかって外《はず》れて、溺《おぼ》れてまっただよ。ありゃあ悲しい事故だった。まだ海女になりたてで、歳はツバサより少しは上だったけど、いくらも変わんなかったじゃねぇかな」

「私と同じくらいの歳だったなんて、可哀そう……」

じんわりと瞳《ひとみ》を潤《うる》ませるツバサに、テツも眼をふせると、やや間をおいて続けた。

「それから三年ばかり、エッちゃん潜らなかったみたいでな。ちょうど父さんが中学生の頃さ。自分がついてさえいればばって、すっかり落ち込んでまって。旦那《だんな》さんがずいぶん元気づけて、やっと復帰できたって聞いてるよ。復帰した頃は父さん、高校でサッカーに熱入れてて、ほとんど海には行ってなくてな。その後《あと》は横浜へ行ってまったから直接は知らないけど、昨日は三十年ぶりに会っただよ。まあ、そんなこともあってエッちゃんは、次の娘には海女をやらせなかったのさ。ツバサが滅多《めった》なことは言わねえたぁ思うけど、娘さんを思い出させるような話はするなよ」

「うん……しっかり覚えておくよ」

自分と同じくらいの娘を亡くしたエッちゃんに、気安く海女漁の同行をさせてもらってもいいのだろうか。お母さんなら、子を亡くした母親の気持ちがわかるに違いない。もう一度聞いてみようか。そんな考えもツバサの頭をかすめたが、自分が生まれるずっと昔の出来事である。それほど深刻に考えるほどのことはないのかもしれない。ツバサは思い直し、その日が来るのを心待ちにした。

二

翌日、テツは海女小屋の前で、エッちゃんが漁を終えるのを待っていた。かつては崖《がけ》っぷちに建てられていた木造りの小屋は、何年も前に大波をかぶって流失した。今は東ノ浜を挟《はさ》んだ浜の奥、港寄りの一角に移されている。台風くらいではびくともしない立派なプレハブ造りである。漁から帰ってきたエッちゃんは、小屋の前に座って待ちうけていたテツを見ると、また来たのかとばかりに顔をしかめた。テツは、ちがうちがうと顔の前で手を振ってみせ、苦笑いをしながら腰を上げる。

「今日は別の相談があって来たさ。ウチの娘のことなんだけど。娘のツバサがさ、自由研究で海女のこと調べたいって言うから、少し話してやってくれないですか。迷惑ンならなかったら、漁にも連《つ》れてってやってほしいさ」

「自由研究？　なんでまた、海女のことなんかやるのさ」

エッちゃんはなお不審《ふしん》そうな顔つきを見せた。テツは話を切り出す時に、少しためらいはあったが、エッちゃんはあからさまに拒絶しているわけではなさそうなので、気をとり直して話を続けた。

「それが、急に言い出したモンだから、俺もよくわからないですよ。ただ、うちの娘は俺と違って真面目《まじめ》だし、気まぐれで言ってるわけじゃないから」

じっさいツバサは、勉強は好きで学校の成績も悪くない。母親のミナコに似た器量よしのところもあり、町の大人たちから可愛がられている。テツには自慢の娘だった。

「テツんとこの子なら知ってるよう。ツーちゃんって呼ばれてたっけ。夏んなると、ときどき港で飛び込んでるだらぁ。そういやあ、最近はあまり見かけねえけンど、ちゃんと大人に挨拶《あいさつ》するいい子じゃねぇか。まあ、わっしの話ぐらいだったら、いつでも聞かしてやるよ。船頭にも言っといてやるだよ」

エッちゃんの快い返事を聞き、テツの頭にツバサの喜ぶ顔が頭に浮かんだ。

「ありがたいよう。何か困るようなことしたら、叱《しか》り飛ばしてくれていいからさぁ」

三日後、ノートと水筒を入れたリュックを背に、ツバサはエッちゃんとともに船上の人になった。軽快なエンジン音を上げ、船が堤防を抜けて広い海に躍り出ると、ツバサは胸いっぱいに潮風を吸いこんだ。日はすでに高く上っており、照りつけてくる日差しは肌を刺すほどである。だが、磯の香をたたえた海風は心地よい。船は穏やかな海をすべるように走りながらも、船首からは波しぶきを飛ばす。あごにゴムひもをかけた麦《むぎ》わら帽《ぼう》子《し》は風にばたばたとなびき、頭にしっくりと落ち着かない。ツバサは右手は柱につかまっていたので、左手で帽子を押さえ、つめたい水を頬《ほほ》に受けながら、目を細めて四囲《しせい》の風景を見やった。

堤防からわずかに出ただけで、伊豆大島がこれほど近くに見えることに、ツバサは少し驚いた。さらに岸を沿うように船が走っていくと、八幡野から続きの城ヶ崎海岸の磯にかけて、切り立った断崖の険しさが目に飛び込んでくる。このあたりは、内陸五キロほどの地にある大室山《おおむろやま》の噴火で流れ出た溶岩を海が冷やし固めたこと、さらに長年にわたる風波が岩を浸食して、複雑に入り組んだ海岸を形づくったことを学校で習った。それを今、目《ま》の当たりにすると自然のすさまじい力がツバサの胸に迫ってくる。ときどきロッククライマーが崖上から滑落《かつらく》して大けがをすることも聞いていたが、なるほどとうなずける。あんなに高いところから落っこちたら、ひとたまりもないだろう。ツバサはぶるっと背筋をふるわせた。

興奮気味なツバサとは対照的に、エッちゃんはすっかり落ち着き払っている。麦わら帽子に手を当て、うつむきがちにこちらを向いて船首に座っていた。七十歳という年齢が、肉体をどのように衰えさせていくものなのか、ツバサには想像もつかない。だがこうして近くで向きあうと、黒々と日焼けした顔とたくましい四肢《しし》が、これこそ現役で海女を続けられる証《あかし》であると語りかけてくる。

―思っていたより、ずっと若々しくて元気な人だ……

ツバサは祖母の方がかなり年上ではないかと思った。エッちゃんはツバサの視線を感じると、手まねきをして自分が座っている脇のあたりをぽんぽんとたたいた。こっちへ来いと言っているのだろう。ツバサは、及び腰でおそるおそる船首側に身を移した。

「エンジンの音で声が聞こえねぇから、横に座ったらいいさ。魚獲《と》る人ンたちゃあ朝が早《はえ》えけンど、海女はゆっくりだから、ツーちゃんも良かったじゃよう」

「はい、でも昨日の夜から楽しみで、なかなか寝つけませんでした！」

ツバサは、エッちゃんの耳元で大きな声をあげた。エッちゃんの黒い潜水服から、ゴムのにおいと磯の香りがぷーんと漂ってくる。

「ハッハッハ、遠足みてえに言うじゃねぇ。まあ、わっしらぁは、いつも乗ってるからどうってことはねえけンど、ツーちゃんにゃあ珍しいだろうからなぁ」

「私、ここに住んでから船に乗るのは二回目です。前の時は、イサムさんの船で、おかず釣りに連れて行ってもらいました」

おかず釣りとは、船を持っている漁師が、自分たちの食べる魚を釣ることを言う。町の人間を誘っていくことも多く、釣った魚は近所に配るのがならわしだった。イサムは八幡野漁協に所属する、数少ない専業漁師である。同年代のよしみで、テツとはとりわけ気が合う男だった。

「おかず釣りだったら夜だらぁ。そんな時に船ン乗って怖《こわ》くはなかったかね」

「はい、ちょっと。イサムさん、暗やみで船を飛ばしたから、ジェットコースターみたいでどきどきしました。あの時はこうやって景色も見えなくて、やっぱり今日の方が楽しいです」

「船ン乗りたかったら、いつでも言いなよう。わっしからも船頭さんに頼んでやるよ」

エッちゃんは、前方を見やって物言わず船を走らせる船頭の方を指さした。

「ありがとうございます。エツさんこそ、深いところ……」

言いかけて、ツバサは言葉を呑《の》んだ。深いところまで潜《もぐ》って怖くはないか、とたずねたかったのだが、娘のことを思い出させるかもしれない。いけない、いけないと、あわてて質問を切りかえた。

「どのくらいの深さまで潜るんですか？」

「だいたい十メートルから十五メートルだじゃ。五年ばっかし前に県からボンベの許可とって、それからは、いちだんと漁をしやすくなっただよう」

面潜《めんせん》の時代に比べて、どのようにやり方が変わったのかをツバサは聞いてみたかった。だが、面潜は娘さんの悲しい思い出につながるかもしれない。今は控《ひか》えておこうと思った。そうしているうちにエンジン音が緩《ゆる》やかになり、船足が止まった。港から十分も走っただろうか、沖ノ島を少し越えたあたりである。船頭がエッちゃんに声をかけた。

「今日はここらでやるかね」

「はいよう。じゃあこれから潜ってくるから、ツーちゃんは船頭さんに話を聞かせてもらったらいいさ」

そう言うと、エッちゃんは手ぎわよくボンベを背負い、磯眼鏡《いそめがね》をつけて暗緑色の海へからだを沈めた。手には、金属の棒が入ったスカリを持っている。ツバサは、船べりから身を乗り出し、海中へ霞《かす》んでいくエッちゃんの影を目で追った。しばらく、黒い足ひれがひらひら見えていたが、エッちゃんはほどなく視界から消え、時おり浮かび上がる泡だけが、唯一の交信になった。

—この泡が出ている限り、エツさんは元気に泳いでいるってことなんだ……

海の中に呑み込まれていくエッちゃんの姿に、心細さを感じはじめていたツバサは、そのまま船べりにしがみつきながら、しっかり泡を見続けようと思った。

「ツーちゃん、そこにいたってもう泡しか出ないよう。退屈だったら、魚でも釣ってるかい？」

船頭の声に、ツバサはふと我に返った。そうだ、自分が心配したところで、どうなるものでもない。ここでは船頭がついているのだ。船頭は、港で何度か見たことがある老人だが、これまで話をしたことはない。赤黒い顔に深く刻み込まれた皺《しわ》のぶん、エッちゃんより年長に見えた。穏《おだ》やかな目をしていて、親しみが感じられる。ツバサはほっとした。内心では、漁の邪魔《じゃま》にならないかと気にしていたのだ。ツバサは中腰になり、再び船頭がいる艫《とも》の方へそろそろと身を移した。

「ぜんぜん退屈じゃありません。船に乗るのも楽しいし、景色見てるだけで気持ちいいです」

「今日はベタナギだし、酔うこともねぇからな。暑くなったら、ときどき海ン中飛び込んだらいいさ。ツーちゃん、前は堤防でいつもやってただらぁ」

「はい、でも中学に入ってからはなかなか海に来られなくって。でも、今日はお父さんが着ていけっていうから、シャツの下は水着です。暑くなったら、本当に飛び込んじゃってもいいですか？」

軽くシャツをまくって黒い水着を見せるツバサに、船頭は笑ってうなずいた。

「ああ、もちろんさ。ツーちゃんはどれくらい泳げるかね」

「学校のプールで、やっと二十五メートルは泳げるようになりました」

「ほう、だったら堤防から前ノ島まで行けるらぁ。今日みたく波がない日なら、そこの沖ノ島にも泳いで来られるかもしんねぇな」

船頭が、たくさんのカモメが羽根を休めている沖ノ島を指さした。ツバサは、とんでもないとばかりに強く首を横にふる。

「沖ノ島って、こんなに遠くでしょ！　ここまでは絶対に来られません」

船頭の問いかけを大げさに否定した時、沖ノ島のすぐ脇にある、広い磯《いそ》がツバサの目に入った。

東ノ浜から見ると、沖ノ島に向かって長く伸びている平坦な岩場である。

「船頭さん、この大きな磯がハシダテですよね。船の上から見ると、こんなに広く感じるんだ」

「ああ、そうだよ。ハシダテはこの辺じゃ一番でっかい平磯《ひらいそ》だよ。だからよく目立つけンど、ここいら他にも小さい磯がいっぱい飛び出してて、みんな名前がついてるのさ。ツーちゃん、東ノ浜からハシダテまでの間の磯の名前、いくつ知ってるかい？」

「えー、ハシダテしか知りません。ハシダテは吊り橋があって、有名ですよね」

ハシダテの奥には、深くえぐられた入り江を跨《また》ぐように、長い吊り橋が架《か》かっている。足元、二十メートルほど下の海をのぞき見ながら揺れる橋を渡るのだが、白い波がごうごう音を立てて泡立つように巻き返している時など、大人でも足がすくむ。テレビドラマのロケなどでよく使われたり、観光名所としてガイドブックなどにも出ているので、ツバサもよく知っているが、他にも名前がついた磯があるというのは初耳だった。

「東ノ浜からこっち、ゴランバイ、イヌオトシ、ジョウセン、オタツ、セバド、ぜんぶで五つか。その先も、ほとんどの磯には名前がついてて、海ン中の景色も少しずつ違ってるだよ。八幡野漁協の境界内だけで、何十って磯があるだけど、海女はそれぞれの地形を覚えてて、どこにアワビやサザエがいるかも知ってるのさ」

「そんなにあるんですか。でも、みんな変わった名前ばかりですね。一回じゃ覚えられないけど、イヌオトシだけは忘れないかな」

ツバサは、不吉な名前にぞっとした。船頭はツバサと話しながらも、ちらちらと海面を見やり、海底からとどく居場所の知らせに注意を払っている。

「昔はここらの林に野犬が多かっただよ。それで土地の人ンたちが、捕まえちゃあ落としてたっていう話があったから、そんな名前がついたのさ。波の高ぇ日《たけ》に、あんなとこから落とされたら、犬だって人だってひとたまりもないよう。どうやったって上がっていかれないさぁ」

ツバサは、原生林の下に切り立つ崖《がけ》を見ながら、波間であがく犬を脳裏に描いた。どうか船が、イヌオトシの方に近づきませんようにと、心の中で祈った。いまわしい犬の話を頭から消したいツバサが、話題を変えようとして思わず口をついたのは、テツから答を聞いていなかった津波のことだった。

「大きな津波が来ると、この崖も乗り越えていくんですか？」

船頭はツバサが五カ月前に起きた大震災のことを思い出しているのだろうと察し、ややあって口を開いた。

「いや、ここいらの高さは二十メートルはあるから、乗り越えることはないだらぁ。わしが生まれる前に起きた大地震、ツーちゃんも関東大震災って聞いたことあるかい？」

「あ、はい。社会の時間に習いました」

「あン時は伊東の街中や川奈《かわな》、宇佐美《うさみ》あたりは、津波が人や家をさらっていったそうだけど、八幡野はそんなでもなかったみたいさ」

船頭は伊東市北部の地名を挙げたが、一帯は低い海岸線が続いており津波には弱い。一九二三年の関東大震災で発生した津波は数百の家と人を呑《の》み、今も悲しい記憶をとどめる供養塔《くようとう》が残されている。

「この崖が、自然の堤防になったんだらぁ。だから八幡野の消防団の衆が伊東の街中の倒れてる家に入ってって、人を救い出したりしてな。それに東京や横浜に働きに出てた、八幡野出身の人たちを迎えに行った漁船もあったって聞いてるよ。三十人ばっかし連れて帰ってきたんじゃなかったかなぁ。あの時代は、八幡野にも船が三十艘《そう》以上はあってな。そんなことで県警に表彰された記録も、この町には残ってるさ」

「そうだったんですね、そんなお話は初めて聞きました」

「まあ、ずいぶん昔のことだからな。わしらが子どもの頃、津波に呑まれた人が八幡野や赤沢の海岸にも流れてきたって、よく聞かされたもんさ。だから高波には気をつけろって。関東大震災は震源が初島《はつしま》あたりだったって言うから、津波の向きなんかにもよるんだろうな。大島の方からまともにぶつかってきたら、東ノ浜はひとたまりもないさ」

切り立った崖にはさまれる東ノ浜のこと。目の前の大島あたりから浜の開口部めがけて水が押し寄せ、両側の崖から回り込んだ水が、一気に街を呑みこんだらいったいどのような惨事《さんじ》になるのか。寄せ波が家々を砕き、引き波が怒涛《どとう》のごとく一切をさらっていく。ツバサの目の裏に、テレビの映像で見た凄惨《せいさん》な光景が蘇《よみがえ》ってきた。

「やっぱりウチも、波に流されちゃうのかな……」

消え入りそうな声でツバサが呟《つぶや》くと、船頭も小さくうなずきながら答えた。

「まあ下町は全滅だらぁ。ただ、ツーちゃんの家は上町だから、波の力も少しは弱まってるじゃないかな。もしかしたら、浸水ぐらいで済むかもしれねぇよ」

ツバサには、轟音《ごうおん》を立てて道路を上ってくる、どす黒い泡の塊《かたまり》が見えるようだった。

「まあ、津波が来るのは揺れのだいぶン後だから、高いところに逃げる余裕はあるさ。消防団の言うこと聞いてりゃ、命は大丈夫だじゃ」

ツバサを安心させるように、船頭は言葉を重ねた。ツバサは、これ以上つらい想像をしていても悲しくなるばかりなので、話題を引きもどした。

「八幡野漁協の境界っていうのは、どこからどこまでなんですか？」

「こっからだと、北の方はそこのアカネの岬が邪魔して見えねえやなぁ。あれを回りこんで、城ヶ崎のニチョウまでが八幡野。ダセンバからは富戸《ふと》の漁場だよ。ニチョウへは、アカネまでの倍以上あるさ。南はオンドマリまでが八幡野で、マツノシタからは赤沢。こっちはアカネくらいまでの距離かな。北のニチョウから南のオンドマリまでは、磯伝いに歩いて十キロからはあるじゃねぇかな」

船頭が指差したアカネは、ツバサの目測で港までと同じくらいの距離だろうか。

「八幡野の漁場って、そんなに広いんだ！　中学校までが二キロちょっとだから、その五倍もあるってことですね」

ツバサがそう言った時、「ヒエーッ！」という叫び声が海上を走った。耳をつんざくような鋭い声にツバサがびっくりすると、船頭も何やら大声で返す。ツバサが、こわごわと船頭の視線を追うと、海面に人の手が飛び出している。船頭は慎重に操船をしながら、船を寄せていった。ツバサは何ごとが起きたのかと仰天《ぎょうてん》したが、どうやらエッちゃんが船頭を呼んだだけのようだった。

「エツさん、大きな声ですね」というツバサの呟きに「磯笛《いそぶえ》だよ。海女の呼吸法でもあるのさ」と船頭が教えてくれた。

船が近づくと、エッちゃんがアワビで膨《ふく》れたスカリを海の中からかざす。船頭は「いいじゃよう！」と叫びながら手早く船に引き上げた。エッちゃんは、船頭から空のスカリを受け取り、再び海の中へ戻っていった。その表情さえうかがえない、あっという間の出来事だった。ツバサは、アワビやサザエがぎっしり詰まったスカリを両手で軽く持ち上げてみた。

「すごく重たい……。一回でこんなにたくさん採れるんですか！」

「ここには、しばらく来てなかったから、今日はいい漁ができるたぁ思ってたさ」

得意げに言うと船頭は、スカリを空《あ》けて足元に貝をばらまいた。そしてアワビ、サザエ、シッタカを、大きさも見ながらいくつかのスカリに分けていく。ツバサは船頭の手を止めないよう、気をつかいながらたずねた。

「そんなに時間もたっていないと思うんですけど……。エツさんは、アワビがいる場所とか知ってるんですか？」

「ああ、さっき言った八幡野の境界ン中のことだったら、たいがいわかってるさ」

「その中の地形をぜんぶ覚えてるなんて、エツさんはすごい人ですね」

「エッちゃんは年季が入ってるからな。まあ、それくらいじゃなきゃあ、漁にもなんないよう」

「やっぱり隣の赤沢や富戸にも、エッさんみたいな海女の人はいるんですか？」

「赤沢にはいたけど、ちょっと前に体悪くしてやめてまったさぁ。だから、今ぁ漁協がダイバー雇って、アワビやサザエを採ってるだよ。富戸の方は、まだ一人残ってるかな。エッちゃんよりか歳は若《わけ》えけンど、やっぱりもういいばあさんだよ」

ツバサは、ノートと鉛筆を手に持っているが、船頭の話に耳を傾けるのに精いっぱいである。初めて耳にする興味深い海女漁の説明に、じっと聴き入った。強い日差しがじりじりと肌を焼くが、もちろん海に飛び込むゆとりなどない。たった今、この下で行われているエッちゃんの漁の様子など、ツバサは海の中の世界に想像をめぐらせた。そうしているうちに、のんびりと談笑している船頭の穏やかな目つきが、再び引き締まった。

「次のスカリも一杯ンなって、ぼちぼち上がってくる頃さ。だいたい二時間たったら、ボンベは切れてまうだよ。これで一時間ぐらいだから、残ってる半分くらいで、こんどはポイント変えてやるさ」

間もなく磯笛が聞こえ、こんどは船頭の手を借りながら、エッちゃんは船べりについた梯子《はしご》を上がってきた。潜っていく時より、やや疲れた表情をしているだろうか。こんどのスカリにも、ツバサでは抱え上げられないほどのアワビやサザエが、ぎっしりと詰まっていた。

「今日はけっこう採れてるだよ。アワビだけで五キロはあるだらぁ」と口元をほころばせるエッちゃんに、ツバサは敬意のまなざしを向ける。ほどなく船はエンジン音をたてて、次のポイントへと移っていった。

三

海中に潜るエッちゃんを見送ると、ツバサはリュックからノートを取り出して、エッちゃんと船頭から聞いた話をまとめはじめた。

「船頭さん、富戸と赤沢の境界はどこでしたっけ？」

「ああ、ニチョウとオンドマリだよう」

ニチョウからオンドマリと、小さい声で復唱しながらツバサは鉛筆を走らせた。

「エツさんが潜った磯の名前を教えてください」

「さっきのポイントがサイツナ。ここはオオバイさ。どっちも十メートルから十五メートルくらいの深さンとこをやってるだよ。その日の潮の様子や風向きなんかで、場所を決めていくのさ。そう、磯の名前を詳しく書いた地図が漁協にあるから、帰りにもらってきなよ」

船頭も、珍しい乗客に上機嫌である。ツバサの他愛ない質問攻めにも、嫌な顔一つせず丁寧《ていねい》に答えてくれる。ツバサが手を止めるのを待っていたように、こんどは船頭の方から問いかけてきた。

「ツーちゃんは、八幡野に来て何年になるかなぁ？」

「はい、私が六年生になる時でしたから、今年でちょうど三年目です」

「それまでは、横浜に行ってたっけか?」

「お父さん、横浜の運送会社で働いていました。給料がブアイセイだから、俺がいちばん稼いでるんだっていうのが自慢でした」

「えらい別嬪《べっぴん》で、いい嫁さん見つけてきてさぁ。帰った時に、横浜まで何しに行ってたんだって、みんなから散々《さんざん》からかわれてただよ。そうかあ、あれからもう三年ンなるかね」

母親のことをほめられたツバサは、自分が言われたように、思わず顔を赤らめ下を向いた。帰ってお母さんに話してあげたら、喜ぶだろうか。ツバサは照れを浮かべながら、海面をじっと見ている船頭にたずねた。

「船頭さんは、昔から海女漁をされているんですか?」

「いや、わしは元々、富戸の方で魚の漁をしてただよ。今でも暇《ひま》な時は、魚獲ったりしてるさぁ。ここで海女漁をはじめたのはほら、テツの親父《おやじ》さんが亡《な》くなってから、その後釜《あとがま》で入ってからだよう」

「えっ、お父さんの親父さんって、私のおじいちゃんのこと? 三十年くらい前に亡くなったって聞いているけど……。漁師だっていうのは知ってましたが、海女漁をやっていたんですか?」

「なんだ、テツから聞いてなかっただか。まあ、秘密にしてたってわけでもねぇんだろうけど、それでわしが富戸からこっちの方へ呼ばれてきただよ」

思いがけない船頭の言葉に、ツバサの気持ちが揺れた。自分が会ったことのない祖父の話である。

知っていたからどうということもないのだが、教えられていなかったのは釈然《しゃくぜん》としない。なぜ、お父さんは言ってくれなかったんだろう。お母さんも知っている話なのだろうか。二人が自分のことを子ども扱いして、蚊帳《かや》の外に置いているように思え、ツバサは少しさびしい気持ちにかられた。

「ツーちゃん、横浜と比べて八幡野はどうさ？」

船頭は、ツバサの微《かす》かな気持ちの変化を察して話題を変えた。

「あ、はい。海がとってもきれいで。八幡野だけじゃなくて、友達の家へ遊びに行っても、周りに自然がいっぱい残ってるから、すごく気に入っています。去年、久しぶりに家族のみんなで横浜まで出かけたんですけど、港の水が濁《にご》っていたし、油がぎらぎら浮いててがっかりしました。この港は八幡野みたいに、飛び込むことができないなあって」

「八幡野は、港ン中でも底まで見えるからなぁ。今でも水はじゅうぶん澄んでるだよ」

「この間、東京から親戚《しんせき》の子が来た時に、港へ連れていったんです。そしたら小さいイカがいっぱい泳いでて、その子びっくりしてました。あれがみんな、大きく育っていくんですか？」

「このごろ生まれた、アオリイカの新子《しんこ》だよう。もちろん、魚なんかに食われてぜんぶは生き残らねぇけど、沖に群れンなって出てって育つのさ。でっかい群れは、二百も三百も集まってるだよ。秋ンなったら、そこらの磯からこれぐらいのがいくらでも釣れるさぁ」

船頭は、目の前に顔幅ほどの間隔をあけて両手をかざした。

「そういえばお父さん、ときどき釣ってきて、俺はイカ釣りの名人だって威張《いば》ってます。でも、秋だったら簡単に釣れるんですね」

「まあ、その時分ならツーちゃんでも釣れるさ。やつら、みんなで競《せ》り合って餌《えさ》を追ってるから、この餌木《えぎ》をぽんと投げたら飛びついてくるよう。腹ぁ減らしてる時なんか欲深《よくふけ》ぇから、ふたつ一緒にくっついてくることもあってな」

そう言うと船頭は腰を曲げ、足元にあった小さな赤いルアーをツバサに手わたしてくれた。十五センチほどの長さで、大きなエビのような形をしている。尾にあたる部分には、放射状に尖《とが》った針のようなものがついているので、そこにイカが引っかかるのだろうか。

「これ、前にお父さんが持っていたのみたい。あれは青かったけど、イカを釣る道具だったんですね。こんなおもちゃみたいな物で釣れるなんて、不思議ですね」

そう言ってツバサは、ルアーを手にとってしげしげと見た。

「十月ンなったら解禁になるから、そうしたらツーちゃんも連れてってもらいな。解禁されると、都会からもいっぱい人が来て釣ってってまうし、寒くなってくると釣りづらいからさ。早《はえ》ぇウチの方が、やりいいだよ」

「今年の秋、ぜったいお父さんに連れて行ってもらいます！」

再び話がはずんできたところで「ヒエー！」が聞こえた。こんどのスカリにも、アワビやサザエがたっぷり入っている。さっきの要領で船頭が引き上げ、エッちゃんは海に消えていく。ツバサは、船腹《せんぷく》に並んだスカリを見ながら、さっきエッちゃんに聞けなかったことを、船頭から教えてもらいたくなった。

「面潜《めんせん》からボンベに変わって、海女さんの漁のやり方は変わったんですか？」

「ああ、やり方も採る場所も変わったさ。面潜の時は、海女に命綱《いのちづな》持たせて、ホースで空気を送ってな。それで、下から合図があったら、わしらが一気に命綱を巻き上げる」

「えー、聞いただけで海女さんも、船頭さんも大変そう」

「そりゃあ大変だったさ。わしがこっちへ来た頃、八幡野には十人くらいの海女がいてなぁ。まあ、夫婦舟《めおとぶね》の人はまだ気が楽だったさ。だけど命がけのところもあるから、他人同士だと、やっぱり何さ、難しいところもあっただよ」

「そうですよね。それは、わかるような気がします」

ツバサは、エッちゃんの娘の話を思い出して、胸が痛んだ。船頭は、目を落としたツバサを一瞥《いちべつ》して、再び顔を上げるのを待って話を続ける。

「それで面潜の頃は、今ほど深《ふけ》ぇところまで行けなかったさ。ホースの長さも限られてるからな。岩や海草があんまり邪魔するところは、ちっとおっかなかったし。ホースが岩に引っかかって外れてまったら大ごとンなるだらぁ。ボンベだったらそんな心配はないさ。だから採る場所も、ずいぶん広がっただよ」

「海の中って、岩の様子とか場所によってそんなに違ったりするんですか？」

「そりゃあ、違うだよ。陸の上だって景色がいろいろだらぁ。同じことさ。とくにここらは起伏が激しいから。まあ、そのぶん魚なんかは隠《かく》れ家《が》を作りやすくて、いい漁場にもなってるだけどな。ときどきエッちゃん、岩陰に潜んでるでっかいヒラメや、カサゴなんかを獲《と》ってくることもあるさ」

「えー、手づかみでお魚を獲れるんですか、すっごい！　考えてみたら私、港の周り以外で泳いだことあるのは、赤沢の砂浜くらいです。こういう磯の中は写真でしか見たことありません。一回、この近くで潜ってみようかな」

「だったらエッちゃんに連れてってもらったらいいさ。知らねぇとこは、浅くても危ないこともあるから、油断しちゃいけないよう。釣り糸に絡《から》んでまって、命落とした海女だっているくらいさ。それに、何でもないように見えても、海ン中は流れも複雑だからな。波の荒い日は、さらわれてまったら、大人だって容易に帰ってこられないだよ」

「そうなんですね、一人では行かないようにします」

「東ノ浜あたりの浅いところも、エッちゃんはよく知ってるよう。面潜やる前は、東ノ浜の周りで、素潜《すもぐ》りしてテングサなんかを採ってたから」

「えっ、素潜りで海女漁をしていた時代もあったんですか？」

「そう、テングサって、ツーちゃんわかるかな。トコロテンの原料だよ。海女がテングサ採ってきて、町の年寄り衆がそれを東ノ浜で干して出荷したのさ。今は、南伊豆と西伊豆あたりでまだやってるけど、東伊豆じゃあいくらも採ってねぇだらぁ」

「トコロテンは食べたことありますけど、テングサは見たことありません。この辺に生えてるんですか？」

「まだあるにはあるけど、ここいらもずいぶん減ってまったよ。採らねえから新しい芽ぇ出なくなって、しまいには枯れてまうなんてこともあってな。そのへんはエッちゃんに聞いたらいいよ。陸の雑木林なんかも、適当に間引《まび》きしていかないとダメになるって言うだらぁ。人間が手ぇ入れていくことで、蘇《よみがえ》ってくる生命《いのち》ってのもあるンじゃねぇかな」

「人が採るから、また採り続けられるっていうのは、なんか不思議な感じがします。ほったらかしておく方がいけないんですか？」

「ああ、富戸の崖っぷちのところにも、魚《うお》つき林って言ってみんなで手入れして守ってる松林があるだよ。昔から良い森があるところは、魚も育つって言われててな」

「魚つき林……って、ずいぶん昔からあるんですか？」

「そうさなぁ、今じゃ国の保安林に指定されてるけど、江戸時代の頃からあるんじゃないかな。森の日陰が魚の集まる場所ンなるだよ。あと、森の栄養分が海に流れていくって言うさ。だけど自然に任せているうちに松くい虫にやられてまってな。これじゃあ空が見えてまうからって、ときどき新しい木を植えたりしてるだよ。松くい虫に強い苗をアメリカから取り寄せてな」

「森と海がつながっているっていうのは、小学校の時に授業で習ったことがあります。やっぱり森を大事にしていくことが、海を守ることにつながっていくんですね」

「まあ、そういうことになるだらぁ。そういえば戦争中のことだけどな、ここいらの原生林をつぶして飛行場を建てる計画がもちあがったらしいさ。あの崖を戦艦に見立てて、離発着の訓練をするのにちょうどいいってことで、飛行機を作っている会社が広大な土地を買ってな。だけど、いろんな反対もあって実現しなくて、結局その土地は別荘ブームの時に家がたくさん建っていったのさ。そんなことを聞くと、飛行場よりかは別荘のほうがよかったたって思うな。森だってそれなりに残されているわけだからさ」

「私は行ったことはないけど、別荘地って森の中におしゃれなお家が建っているイメージがありますよね」

「ああ、これが個人の家かって腰抜けるような広い庭と、でっかい建物があったりするだよ」

ツバサの家では、別荘地に住む人間との交流はまったくないので、どのような人が住んでいるのか見当もつかなかった。別荘の住人は、ツバサにとっては遠く離れた世界の人たちだった。

「これからも森を大事にして、海にも手を入れていったら、テングサが戻ってくるかもしれないいんですね。あ、そういえば素潜りでテングサを採ってた頃も、ウチのおじいちゃんが船に乗ってたのかな……」

テングサの素潜り漁の話から、ツバサはふと、その昔祖父がエッちゃんを乗せていたのだろうかと思った。じゃあ、亡くなった娘さんの頃は？　素朴《そぼく》な疑問が浮かんできて、ツバサは会ったことのない祖父を想った。

「わしが八幡野へ来る前のことだから詳しくはねぇけど……。海女はタルを使ってたっけかなぁ」

ツバサの問いに、船頭は答えるのにわずかな間を作って、さらりと海女の話題に移した。

「タル、ですか？」

「ツーちゃんは、見たことないかね。寿司桶《すしおけ》をでっかくしたようなやつさ。ふたがしてあるから、中は空洞でな。それをぷかぷか浮かべて、三つくらいのスカリを垂《た》らしておいて、スカリに採ったテングサやサザエなんかを入れてただよ。疲れると海女たちは、タルに掴《つか》まってみんなでしゃべくってる。ありゃあ、なかなか風情《ふぜい》のある景色だったさ。ほら、おとぎ話に出てくる天女《てんにょ》さまってあんなだったじゃねぇかなって思うだよ」

船頭は、懐かしいものを追うように遠く東ノ浜の方を見やる。ツバサはふと、テツから聞いた話を思い浮かべた。

「タルのお話って、浮き輪番みたいですね！」

「へえー、ツーちゃん、面白ぇ言葉、知ってるじゃあ。いやあ、久しぶりじゃよう。わしも、何年かぶりに耳にしたさ、浮き輪番かぁ。テツが言ってたっけか？」

「はい、この間ご飯食べてる時、お父さんが小さい頃の話をしてくれました。お父さんは、潜って貝を採る役だったって自慢してましたが、お母さんは浮き輪番か丘番だったんじゃないかって疑うんです。証人がいないから、判定は下されなかったけど……」

「じゃあ、わしが証人だ。テツは、たいてい浮き輪番してたさ！」

「あはは、やっぱりー！」

老いた船頭とツバサの笑い声が同調し、断崖にこだました。

「テツは、泳ぐのはまあまあ上手《うま》かったみてぇだけど、潜って貝を採るのはイサムやキヨシとかが得意だったからな。おっと、そろそろ上がってくるよう」

ツバサと話しながらも、常に時計と海面を見ていた船頭は、エッちゃんを待ち受ける体勢に入ったようである。ほどなくエッちゃんは、ひと声出して船に上がってきた。こんどもエッちゃんは、大きく膨《ふく》らんだスカリを携《たずさ》えながら、ツバサに笑顔で声をかけた。

「オオバイもよく採れたよう。なんだかツーちゃん、ツキを持ってきてくれたみたいだねぇ。今日は久しぶりの大漁じゃよう」

目の前に、山のように詰まれたアワビやサザエのスカリを見ながら、ツバサも嬉《うれ》しくなった。八幡野の境界内のわずかなポイントだけで、これほどの収穫があるのだ。しかも、エッちゃん一人の力で。いったいこの広い海の中に、どれだけの魚や貝が息づいているのだろうか、想像するだけで豊かな気持ちになれる。流れる景色に心を寄せながら、ツバサは自分自身が大漁に恵まれたような満足感を覚えた。

四

船から上がり、堤防で待ち受けていた漁協の人にスカリを託すと、エッちゃんはツバサにほっとした顔つきを見せた。

「風呂から出たら、もう少し話してやるよう。海ン中は夏でも冷たくって、体が芯《しん》まで冷えてまってるからさぁ」

ツバサは、エッちゃんについて歩きながら、小躍《こおど》りする気分になった。すでに走り書きしたメモだけでも、何ページにもなっている。さらにエッちゃんから話を聞くことができれば、ノートはびっしり埋まっていくだろう。今日は収穫の多い日だ。エッちゃんは「中で待ってなよう」と言って小屋を指差し、その脇にある小さな露天風呂に身を沈めた。

ツバサは、一人で中に入るのも気が引けたので「ここでいいです」と言って、小屋の前にしゃがんで待つことにした。からだには軽い揺れが残っており、まだ船に乗っているような感覚さえある。遠く沖を見やれば、海は強い照り返しの光にきらめいていた。たった今まで、自分が本当にそこにいたのだろうか。ツバサは、初めて同行した漁の様子を思い返していた。

しばらくすると、風呂を出てからいったん小屋に入ったエッちゃんから声がかかり、ツバサは海女小屋に招き入れられた。エッちゃんはすでに着替えを済ませ、小上《こあ》がりの畳に腰かけて、濡《ぬ》れた髪を白いタオルで丹念に拭《ふ》いていた。小上がりは三畳の畳敷きで、中央には卓袱台《ちゃぶだい》が置かれている。髪を拭き終わったエッちゃんは、「いっぱい飲みなよ、喉《のど》が渇《かわ》いただらぁ」と、奥の冷蔵庫から麦茶を取り出してコップについでくれた。喉の渇きも忘れて、自分の水筒には手をつけないほど夢中になっていたツバサである。ありがとうございますと礼を言ってコップを受け取り、つめたい麦茶にごくごくと喉を鳴らした。人心地《ひとごこち》ついたツバサが海女小屋の中を見まわすと、冷蔵庫の横には電子レンジが置かれ、土間《どま》にはコンロも据《す》えられていた。土間の奥にはシャワーも使えるようになっていて、壁には三着ほどの潜水服と麦わら帽子が掛けられている。年配女性らしい配慮が行き届き、きれいに整頓《せいとん》されて生活感のある居心地の良い空間だった。

「今日は漁に連れていっていただいて、ありがとうございました。初めて漁を見て、感動することばかりでした！」

ツバサは深くお辞儀《じぎ》をすると、広い土間にぺたんと尻をつけ、エッちゃんと向き合う形になってメモを開いた。飾り気のない笑顔で感謝の気持ちを表すツバサに、エッちゃんも目を細めた。

「そうかね、じゃあよかったよう。船頭さんからも、いろいろ話は聞けたかね？」

「はい、磯の名前や海中の様子とか。あと漁の歴史なんかを、教えていただきました。エツさんは年季が入ってて、この海のことは何でも知ってるから、後でまたよく聞いておきなさいって」

「ハハハ、歳ばっかくってまって。そりゃ、五十年以上も潜ってるからなぁ。自分の庭みたいなモンさ」

五十年潜り続けていることも驚きだが、長さ十キロにわたる磯を庭みたいなものだと、さらりと言ってのける。ツバサはエッちゃんと海とのかかわりの深さに、底知れないものを感じた。

「エツさんは、やっぱり八幡野で生まれ育ったんですか」

「いやあ、鳥羽《とば》で生まれて海女ンなって、こっちに移り住んだクチだよ。ツーちゃんは鳥羽って知ってるかね？」

「確か……、三重県の方でしたよね。ラッコがいる水族館の話を聞いた時、調べたんです」

「ほー、ツーちゃんは勉強家だねえ。わっしらぁ、中学出てすぐン時に、鳥羽からみんなして出稼《でかせ》ぎに来てたのさ」

「みんなでって、中学出たくらいの人たちばかりで、ここまで出稼ぎに来たんですか？」

「いやあ、三十歳くらいの大人たちから、わっしらぐらいの子どもまで。全部で二十人もいたっけかなぁ。毎年四月になるとやってきて、十月に帰っていくのさ。年寄り衆は鳥羽に残って、やっぱり海女漁をしてただよ」

「四月から十月って、一年の半分くらいですよね。そんなに長く、どこで暮らしていたんですか？」

「下町に三軒くらい家を借りて、わっしらぁ若いモンは、若いモンどうし。夫婦モンは夫婦モンで集まって生活してたのさ。赤ん坊連《つ》れてる人だっていたよう。そんでもって、若いモンのところには、夜ンなると町の男衆《おとこしゅう》がやってきてな、遅くまでワイワイ騒ぐのさ」

「えー、修学旅行みたい！　楽しそうですね」

「ああ、楽しかったよう。ギターの上手い人なんかもいてなぁ、みんなで流行《はや》りの歌を歌ったりもしたのさ」

エッちゃんは、遠い日の思い出に浸《ひた》っているのだろうか。ツバサに向けていた視線をやや上げて、口元をほころばせている。ツバサは、青春時代のエッちゃんに気持ちを重ね合わせてみた。はるばる鳥羽から、親元を離れて出稼ぎに来るなんて、さびしい時もあっただろう。だけど、八幡野の人たちが歓迎してくれたから、孤独を忘れて漁を続けられたのかもしれない。ツバサは胸があたたかくなり、町の男たちと歓談する少女時代のエッちゃんを思い描いた。

「もしかして……」

ツバサは少しとまどったが、薄く頬《ほほ》を染め勇気を出してたずねてみた。

「エツさんは、そうやって知り合った八幡野の人と結婚されたんですか？」

「いやあ、そこで一緒になる人もいたけンど、わっしゃ違うさ。たまたま世話してくれる人があって、近くの農家に嫁いだのさ。ツーちゃんはチヨさんを知ってるかい？」

「はい、お名前を聞いたことはありますが、お話したことはありません」

「チヨさんも、わっしより十年ばっか後から鳥羽から出稼ぎに来て、やっぱりこっちの人と一緒になっただよ。あの頃は、鳥羽や房州《ぼうしゅう》、今の千葉さ。そんなところと八幡野は交流があってな。どうだろうか、五十年くらい前までは来てたっけかなぁ」

「鳥羽だけじゃなくて、千葉からも……出稼ぎに来てたってことは、ここの海がそれだけ豊かだったってことですか？」

「まあ、そういうことにもなるさ。あの頃は、東ノ浜のあたりでも、サザエが星の降るほどにいてなぁ、素潜りでもいっくらでも採れただよう。それに鳥羽の方には、たくさん海女がいたから。女は海女ンなって一人前だ、なんて言われた時代もあったのさ。もう今じゃ、出稼ぎなんかに出ることはねえだらぁ」

エッちゃんの昔話は、歴史が好きなツバサの気持ちをひきつける。とりわけ、かつての海の豊かさという話には、自由研究のことはさておき思わずため息をついた。

「星の降るほどのサザエなんて、私も見てみたいなあ。やっぱり海の中が変わってきたってことなんでしょうか？」

「そりゃあ、もう昔みたいなことはないけどな。海は上からも下からも痛めつけられてきたさ。だけどしぶとくがんばってる。わっしみたいにな、ハッハッハ。いや、見てくれの景色はそんなに変わんねぇから、海の方がわっしより上だよ」

「そんなことないですよ。エツさんもお若くてびっくりしました」

ツバサのほめ言葉に、エッちゃんは小さくうなずくと海の方を見やった。

「それでも今だってここの海はまだ綺麗《きれい》なモンさ。漁をするのに、なぁんも不都合はないし。海が汚れてたら、わっしらぁの仕事ンなんねぇだよ。いっときは汚れたかなって感じることもあったけど、あンだけ工場や人が多い東京や横浜の近くにあって、まだまだ気持ちよく潜れる海があるってのは、ありがてぇことだじゃ。だから、海女を守ろうって言ってるけど、それ以上に海イ守るのを心がけてほしいさ。海が守られなかったら、わっしら生きていけんからなぁ」

「私も、いつまでも港で飛び込める八幡野であったらいいなって思います。そうだ、港っていえば東ノ浜のすぐ前でも、昔は素潜りでテングサ採ってたんですよね。私、テングサって見たことないけど……」

ツバサは、さっそく仕入れたばかりの知識を披露《ひろう》した。

「そうかあ、ツーちゃんはテングサ見たことないかね。浜へ行ったら、いくらかぁ落ちてるだよ。見せてやるよう」

エッちゃんはそう言うと、すっと腰を上げた。ツバサも立って、エッちゃんの後をついていく。日差しは強いが、外の風は心地よい。小屋の中の空気が蒸《む》していたので、ツバサにはありがたかった。エッちゃんがゴロタ石の浜に屈《かが》んで、乾いた海草をひろい上げた。

「ほら、これさ」

そう言ってツバサに手渡したのは、褐色《かっしょく》の太い糸がもじゃもじゃに絡《から》まったような、拳《こぶし》ほどの固まりだった。

「へー、これがテングサなんですね。こんなのがトコロテンになるんだ」

「そうさ、だけど時代の流れだよ。一時はブームみたくなったけど、今ごろはあんまりおやつで食べたりしないだらぁ。夏なんか、疲れがとれて最高なんだけどな。まあテングサは、使うまでに何日もかけて干し上げなきゃなんないだよ。乾いたら、木で叩《たた》いて丁寧にゴミなんかも取ってな。そうやって干してる時に限って、雨が降ってきたりして、すぐに仕舞《しま》わなきゃなんない。とにかく手間なのさ。食べる時だって、ごとごと煮《に》立てたあと冷まして固めるから、時間もかかるのさ。アワビやサザエはいい値ンなるし、漁が変わってって当たり前さなぁ」

「テングサは採らないから減ってきたって船頭さんが言ってましたけど、テングサが生えていたところ、今はどうなってるんですか？」

「ヒロメなんかが生えたりしてるよう。ヒロメはほら、それさ」

そう言ってエッちゃんは、乾いた薄い板状の黒い海草を手渡した。ツバサの顔ほどの大きさはある。

「ヒロメって大きいんですね、これは食べられるんですか」

「この辺じゃ食べねぇけど、和歌山や千葉では食べるって言うよ。ワカメなんかの仲間で、アワビやサザエの好物さ。これが生えてるうちはいいけど、磯焼《いそや》けって言って、すっかり枯れてまったところもあるだよ。岩がむき出して白くなってまってな。そんなとこは、アワビどころか魚もいないさ。まあここだけじゃなくて、日本中の磯で、そんなことが起きてるらしいんだけどな」

海の底は海草が覆《おお》いつくしていると想像していたツバサに、磯焼けというのは意外な話だった。しかも伊豆だけでなく、日本中だという。いったい、どういう現象なのかと疑問がわいてきた。

「磯焼けって……どうして海草が枯れてしまうんですか？」

「そりゃ、わっしらにゃあわかんねぇな。水産試験場の人なんかも調べてるんだけど、いろんな原因があって、はっきりしたことは言えねぇらしいよ」

エッちゃんにも海の中のことでわからないことがあるんだと、ツバサは少し意外に思った。ツバサは、エッちゃんには答えづらいことを聞いて申し訳なかったと思い、あわてて漁の質問に戻した。

「エツさん、今日は大漁だって言われていましたけど、いつもはあんなにたくさん採れないんですか?」

「いつもよりアワビがよく採れただよう。今ごろはちょうどヒロメが岩から落ちて、見つけやすくなるんだけどな。アワビはだいたい岩の陰に隠れてるから、ヒロメがついてるうちは、探すだけでも大変なのさ。だから今日なんか、チヨさんだったらもっと採ってたじゃねぇかな」

いちど海を見やったエッちゃんは、踵《きびす》を返して海女小屋の方に足を向けたのでツバサも従った。

再び小屋の中で二人は向き合い、話を続ける。

「チヨさんはアワビを採るのが得意なんですか?」

「そうさ、あン人はアワビの名人だよ。わっしゃ、いつもサザエやシッタカをたくさん採ってくるのさ」

「人によって、得意と不得意があるんだぁ。どうしてですか?」

ツバサは、素朴な疑問に首をかしげた。

—エッちゃんもチヨさんも同じ熟練者のはずだ。なぜ、採る貝の種類が違うのだろうか……。

「ツーちゃんはアワビが張りつく力、どれくらい強いか知ってるかね?」

そう言われて以前、台所の流し台に五つくらいのアワビが転がっていたのを、ツバサは思い出した。

「いつだったかウチの流し台に、アワビがぴたっと張りついてたことがあって。おばあちゃんに、取ってみなって言われて外そうとしましたが、私の力じゃぜんぜんダメでした」

「海ン中でもそうさ。そうなってまったら、なかなか取れねぇだよ。やつらが油断している時に、ポンと取っていかねぇと、数を稼げねえのさ。ちょっと殻《から》に触れただけで張り付いてまうし、音を立てたら岩の奥に逃げてってまう。浅いところなんかだと、下手《へた》に近づいて、上から差し込んでくる光の加減が変わっただけでも警戒するからな」

「そんなにビミョーだなんて、びっくりです！　張り付いてしまったら、もう取れないんですか？」

「素人《しろうと》が下手に力ぁ入れて無理かけると、殻だけぺろっとはがれてまうさ」

「えっ、じゃあそのアワビはどうなっちゃうんですか？」

「魚の餌《えさ》ンなるだけだよ。あっというまにやつらが寄って来て、食いつくしてまうさ」

「えー、可哀想《かわいそう》ですね」

「まあ、可哀想って言ってもなぁ、人が食うか魚が食うかの違いだじゃ、ハハハ。やつらが張りついてまったら、わっしらぁはこのアワビはがしを使って外すのさ」

そう言ってエッちゃんは、三十センチほどの金属棒を出して見せた。幅は二センチほどの薄い板状で、先端はUの字に曲がっている。

「先っぽの鉤《かぎ》で引っ掛けるだけど、これも下手にやったら身に傷がつくしな。うっかり、はらわたぁ痛めたら死んでまって価値が半分以下ンなってまう。わっしらプロは、絶対に傷つけないように、ぱっぱっと外していくだよ。だけンど、張りついたやつは、やっぱり手こずってまう。海ン中は一分一秒を争う時間との勝負だから、神経をつかうのさ。目の前に三枚のアワビを見つけたら、まずは大きいのからさっと取る。小せぇのを先にかかってる間に、うっかり音立てて、大きいのが逃げてまったら損だからな」

「時間との勝負だなんて、びっくりです！　じゃあ、チヨさんはアワビの外し方が上手ってことですか？」

「それもあるけど、やっぱり性格だよ。ツーちゃん、あんたもし目の前に五百円玉が十枚、百円玉が五十枚、五十円玉が百枚落ちてて、十秒以内に好きなだけ取りなって言われたらどうするかい？

どれも、五千円ずつあるだよ」

「えっ、どうしよう……うーん」

エッちゃんは、にこにこしながらツバサの返事を待っている。ツバサはその場面を思い描いて、じっくり考えた末に答を出した。

「きっと五百円玉を取りにいくと思います！」

「ハッハッハ、ツーちゃんはチヨさんみたいな海女さんになるかもしんねぇな。わっしゃ、せっせと百円玉と五十円玉をかき集めるのさ。つまり、サザエとシッタカってことだ。わっしら海女の漁は、そうやって海ン中で金拾《ひろ》ってるみたいなモンだよう」

エッちゃんの高笑いにつられて、ツバサも声をたてて笑った。エッちゃんは午後の漁にも出るという。午前二時間、午後二時間が、海女漁のやり方らしい。「一人前の海女になるのに、何年かかるのですか?」という問いに「まあ十年はかかるだらぁ」というエッちゃんの笑いまじりの言葉を最後に、ツバサは海女小屋を後にした。

五

ツバサがエッちゃんの漁に同行している頃、テツは港の敷地内にある狭い漁協の事務所で、県会議員の岩神春実と向き合っていた。下町に親戚《しんせき》があり、八幡野とは縁が深い岩神は、還暦《かんれき》を過ぎたあたりの年のころ。テツは幼少時から乗り初《の》めや秋祭りの時などで顔を見知っており、当時から太い眉《まゆ》と意志の強そうな目が特徴的な男だった。中肉中背ながら筋肉質の体つきをしており、漁師といっても疑うものはいないだろう。掛けている古いパイプ椅子《いす》が心もとなく感じられた。

「エッちゃん、やっぱり気乗りしないってか」

久しぶりに顔を見せた岩神が、太い眉をぴくつかせた。こうして向き合うのは、昨年の秋に海女漁の保存会を発足させて以来、およそ半年ぶりのことである。

「そうなんですよ。娘さんのこともあるし、すぐには納得できないみたいで。それに、首尾《しゅび》よく後《あと》釜《がま》が見つかっても、今の若い子がどこまで辛抱《しんぼう》できるかって心配してました。話が落ち着くまで、まだ少し時間がかかるかもしれませんね」

「まあ、辛抱って言っても、稼《かせ》ぎだって悪い仕事じゃねぇから。漁が終《しま》いになった十一月から三月までは、他のことだってしていられるし。やる気のある子を探してきて、会ってみたら気が変わるかもしれねぇさ。後釜の話が進んでいけば、議会の方にもはかって、県からもバックアップしてもらえるように働きかけていくだけどな」

八幡野海女漁保存会は、テツが発起人《ほっきにん》ということになっているが、もともとは岩神の強い意向が働いて発足している。観光振興をすすめる岩神が漁協の組合長と相談し、テツを呼び寄せてまでして作った組織だった。保存会の委員には町の区長をはじめ、町内選出の市会議員ＯＢや市役所職員ＯＢ、地元出身の新聞記者など数人が他に名前を連ねている。ゆくゆくは、観光客へのサービス事業に結び付けていく心づもりもあり、まわりに影響力のある人間に声がかかっていた。

もちろんテツにも、エッちゃんとチヨさんに残された、海女漁を営む時間がさほど長くないことは判《わか》っている。いよいよ二人が身を引く時を迎え、しかも保存会の計画が頓挫《とんざ》した場合、その後はどうなっていくのか。テツの頭に漠然《ばくぜん》と浮かぶのは二つの道である。一つは、よそから海女を呼んでくること。もう一つは、赤沢のようにダイバーと契約して漁を続けることである。よその地の一つには、エッちゃんの出身地である鳥羽も候補に入る。だがいずこも後継者難で、八幡野に移り住んでくれる若者を確保するのはたやすい話ではない。いきおい現実的な考えをとって、ダイバーに頼っていくことになるのだろうか。そう考えると、文化的な価値を保存する意味で、海女漁を将来的に残していく道をさぐりたいという岩神の想いは、八幡野の将来を託すに足る価値があるように思えてくるのだった。

だからといって簡単に結論が出る話ではない。まずは海女漁保存会を作って、組織的に検討しよう。その上で、エッちゃんとチヨさんなど、現場の海女との対話を重ねながら、計画的に話を進めていくべきだろう。そういうことになった。だが、後継者を立てるということは、裏をかえせば現役の引退勧告につながる。海女漁が漁協の大きな収入源になっているとはいえ、海女の数を今以上に増やすわけにはいかないからだ。おおぜいで乱獲に走れば、資源が先細るのは自明である。さりとて話の進め方を間違えて、エッちゃんとチヨさんのやる気を失わせるようなことになっては、現実の操業《そうぎょう》に響いてくる。ことの運びには慎重を要していたのだが、いよいよ本腰を入れて話をしようと思っていた矢先に、東日本大震災が襲った。

「まあ、どのみち震災のことが落ち着かない限り、やりようもないからな。やっとひと息ついたんで、様子を見に来ただけさ。せかすつもりはないけど、何とか来年の春までにメドが立てられるといいんだけどな」

いつも精力的な岩神の顔つきに、ふっとかげりが見えたのは、かなり疲れているのだろうか。三月十一日に震災《そんかい》が起きてから、文字通り岩神は不眠不休で活動してきたと言う。あの地震で、伊東方面は建物が損壊するなどの被害はほとんどなかったものの、伊豆急鉄道が計画停電のために不通となった。かろうじて道路が通じていたとはいえ、海岸線の温泉町に人を運ぶ鉄道が止まっては、経済の大動脈が断たれたも同然である。たちまち、熱海《あたみ》から先端の下田《しもだ》まで、日銭《ひぜに》を積みながら営んでいる宿屋や土産物屋から客の姿が消えた。

「五年ばっかし前に、富戸《ふと》の群発で大騒ぎンなったこともあっただよ」

岩神は漁協の事務員が、庭からもいできたというミカンの山から、ニューサマーオレンジを一つ取り上げて、皮をむきはじめた。酸味は強いが薄皮《うすかわ》も食べられるので手間がいらず、岩神の好物だった。テツはひとまわり大きな甘夏《あまなつ》を手に取った。

「キヨシから聞いたことがあります。あれは確か……」

テツは思案気《しあんげ》に顔を上げて、甘夏の皮をむきながら記憶の糸をたぐり寄せた。

「ウチらがこっちへ来る少し前ですよね。ゴールデンウイーク直前からしばらく続いて、宿はキャンセル続出で大混乱だったたってキヨシが言ってました」

伊東市富戸沖で二〇〇六年の四月二十一日に発生し、最大震度六弱を記録したこの地震は『伊豆半島東方沖地震』と名付けられ、五月十二日に終息宣言が出されるまで、有感地震は五十回ほどを数えた。

「あン年のゴールデンウイークはさんざんだったけど、それでも夏場にはなんとか戻ったさ」

「道路も伊豆急もすぐに復旧したっていうし、都会の方じゃ何も起きていなかったからでしょうね」

「まったく、あん時とは比較にならないさ。それに今回、伊豆急が止まったのは計画停電のせいで、あんなことまたやられたら宿は息の根を止められてまうよ」

口に入れたニューサマーオレンジの酸味なのか、停電の時の苦労を思い出したのか、岩神が軽く顔をしかめた。

「ウチも畜養所《ちくようじょ》のポンプが止まったりして困ったですけど、宿はさんざんだったみたいですね。エレベータ止められて、電気のつかない宿にどうやって客を呼ぶんだって、みんな途方《とほう》に暮れてましたよ」

「冷蔵庫が使えなくて、冷凍モンをずいぶん無駄《むだ》にしてまったたって話もよく聞いたさ」

計画停電で失われた電気は、宿泊施設の日常も容赦《ようしゃ》なくうばっていった。とつぜん電気が落とされる冷蔵庫をかかえた厨房《ちゅうぼう》では食中毒におびえ、明日の客のための食料を自家消費で食いつぶした。東北の津波は、伊豆の人びとの生活も、じわじわと呑みこんでいったのである。

岩神は当初、ＪＲや東京電力、地元選出の国会議員に働きかけるなど、考えられる限りの手をつくして、一日も早い電力と鉄道の復旧にむけて奔走《ほんそう》した。幸い鉄道は、ほぼ一週間後の十九日にはあらかた稼動しはじめた。しかし、血液を断たれた器官が衰弱するように、伊豆半島の経済は都会からの人が流れないと機能不全におちいる。とくに、一年で最もにぎわう桜の季節に人を迎えられなかったのは致命的だった。一カ月もたたないうちに、そこここの事業所や商店から悲鳴が聞こえはじめる。岩神は市や県の経済産業部、観光部へ緊急支援対策の働きかけ。あるいは地元信用組合などの金融機関へ、つなぎ融資の手当てに駆けずり回る日々が続いた。そうした岩神の苦労は知人から伝え聞いているので、テツはことさら気をつかうように言った。

「伊東の街も、少しは活気が戻ってきたですかね」

「日帰り客は、やっと戻りはじめてるみたいさ。だけど宿泊の方は相変わらずさっぱりだわ。この夏も見通し立たないから、伊豆マリンや望海荘グループみたく、二つ、三つと持っているホテルは、一カ所にまとめたりしてるみたいさ」

岩神は、複数のホテルを擁《よう》して、グループ経営をしているホテルチェーンの名前をいくつか口にした。それぞれが何百室という部屋を埋めることはできないので、稼動する施設を絞《しぼ》り込んだということなのだろう。こうした時、正社員はともかく、パート社員は一斉に自宅待機となる場合が多い。テツは、何人かの知り合いの奥さんの顔が思い浮かんで気が重くなった。そんなテツに呼応するように、岩神も渋面《じゅうめん》を作ってこんどは甘夏に手を伸ばした。

「景気が良かったら、被災した人たちの受け入れも働きかけられるんだけど、こっちも戻るのにどんだけ時間がかかるか見通しつかねぇからな。それにしても福島の方は、一向に落ち着かなくて心配さ」

震災からおよそ半年が過ぎても、なお連日のように原子力発電所の報道が続いている。岩神は小さくため息をついた。テツも甘夏を口に入れながら、不安げな顔つきを作った。

「当分、収まる気配はないですね。原発反対の動きは、全国的に広がっていきそうですし。また電力不足の話が出ると、岩神さんも忙しくなるんじゃないですか?」

テツは、岩神が原発には反対の考えを持っていて、立場を同じくする国会議員と意見交換会などに時々出ていることを知っている。しかし今は電力の確保が叫ばれていることもあり、岩神の気持ちにも簡単に割り切れないものがあるのではないかと思われた。

「まったく、津波ってのは怖いもんさ。あんなにでっかい建物だって次々と破壊していくんだからな。原発を持っている町の人がおびえるのは、無理はないだよ」

「あの日、八幡野でも港の底が見えるくらい、一気に水が引いたですよ。こりゃあ大きいのが来るかなってみんなで警戒していたんですが、それっきりで。あの水が、ぜんぶ東北に行ってまったんですかね」

「そうかい、そんな話は初めて聞いたなぁ。まあなんにしろ俺も今回は、東北の海との違いを改めて知らされたさ。被災した船が、気仙沼《けせんぬま》だけで二千隻《せき》を超えるって言うんだろ。映像見たら、でっかい船が陸の上にまで流されてまってさ」

「五百トン級の遠洋船がいくつかあったみたいですね。まあ二千隻のほとんどは、八幡野にあるような小さい漁船だったんでしょうが、なにしろ十五と二千じゃ桁《けた》が違いますよ」

「それでもって地図を見直してみたけど、宮城から岩手にかけてのリアスは凄《すさ》まじいな。竜が牙《きば》ぁむいてるみたいな地形だよ。このあたりの海岸線が、赤子《あかご》の乳歯みたく見えるさ」

「一つひとつの湾の懐《ふところ》が広くて奥行きが深いですね。ここも海が剝《む》きだしで口開けてるから、でっかい津波が来たら、下町はひとたまりもないでしょう。それが東北じゃ、それぞれの街で暮らす人が万単位だって言うんだから、どれほどの悲しみの量かと思うと、胸がつまされますよ」

「まったくさ。そのうえに原発ときたら、この世の不幸が一気に降ってきたようなモンだ。そうそう、原発って言えば明日はウチの会派の議員連中で浜岡《はまおか》に行くのさ。まあ福島の安全対策には問題があったみたいだけど、だからって電力会社ばっかを責めるわけにはいかないだろう。そういう政策を取ってこざるをえなかったわけだからな、この国は」

震災のほぼ二カ月後に、管直人《かんなおと》首相から停止宣言が出された静岡県内にある浜岡原発の名を耳にして、テツの身にも緊張が走った。浜岡からここまでの距離は、百キロとない。

「このごろじゃ、原発止めて自然エネルギーに向かうって声もあがっていますが、そうなっていくんですかね？」

「いやあ、それができれば理想だし、各地でいろんな取り組みもやってるさ。だけど簡単な話じゃあないな。自分の家で考えてみなよ。携帯電話なら簡単に交換できるけど、効率のいい冷蔵庫ができたから、燃費のいい車ができたからってそうそう変えられるわけじゃない。ましてローンなんて抱えていたら高嶺《たかね》の花さ。それとおんなじことで、何千億って借金重ねて作った大きな設備を、そうそう無駄にすることはできないのさ。日本はただでさえ借金大国の道を歩んでるんだから。そこが電力設備の難しさなんだよな」

「それを聞くと俺の頭でも判る気がしますね。だったら自然エネルギーへの転換って、いったいどれくらい時間がかかるんですか？」

「この分野で一番進んでいるドイツが、二〇五〇年までに電力の八割をまかなう算段をしてるっていうけど、まあそれがひとつの目標になるんかなぁ。今はまだ二割くらいらしいけど、これから技術開発との競争、国民の理解との闘《たたか》いになるだらぁ。補助金の負担も、相当な重荷になってるって言うからな」

面積はほぼ同じだが人口八千万人ほどのドイツに比べて、日本の方が五千万人ほど多い。人口比だけで単純計算をすると、ドイツが自然エネルギーで生み出すという二割の電力は千六百万人分である。日本とドイツの人口の差を埋める量にも到底及ばないことで、岩神もその道のりの遠さを感じていた。

「それに前のオイルショックの時みたいに、何かがおかしくなるとまたピンチになるさ。そんな時でもドイツだってアメリカだって、ほかの国は電力の半分をまかなう石炭を自前《じまえ》で調達できるから強いだよ。中国なんかは、今じゃ輸入もしているらしいけど八割は石炭だからな。資源のない日本は本当に立場が厳しいさ」

「なるほど、そういう問題もあるんですね。それにしても自然エネルギーはいちばん進んでいても二割なんだ。やっぱり簡単には進まないってことですか。稲取《いなとり》の風車も増えていってるし、少しは希望が見えているのかなって感じてたんですが」

伊東市の南、熱川《あたがわ》から稲取にかけての山の上には、数年前から風力発電設備が造られ、その数を少しずつ増やしてきている。

「そりゃあ原発や火力とは単位が違うさ。それに熱川も稲取も、地元の人たちは大反対で、町長やら役場、それに議員の方にも止《や》めさせせくれって陳情《ちんじょう》があるだよ。低周波騒音での健康被害がひどいからって。動物だって寄りつかなくなるみたいだし、水源の森を破壊してるっていうことも言ってくるさ」

「言われてみると、一方じゃ魚《うお》つき林なんか作って森を守ってるのに、風車を立てるために木を切るってのも、皮肉な話ですからね」

稲取の風車を山の上に立てるために、相当な規模で林を切り開いて道を作り、土地を造成したことはテツも聞いている。当時は実験という名目だったような記憶があるが、既に十基以上も立っているところを見ると、少しは順調に事業化が進んでいるように感じていたのだった。

「じっさいには、新しく道路がつけられて生活が便利になったり、荒れ放題になってる森林を手入れしやすくなった面もあるのに、そういうことはあんまり言われない。風力発電だって人が住んでるところに作ろうとすると、地元の人には迷惑がられるのさ。それを急にたくさん増やせったって、おいそれと場所があるわけじゃない。まして原発止めて、その代わりだって言っても、すぐには無理さ。太陽光もそうだけど、どっちも天気に左右される不安定さが付きまとう。なんにしろ、発電の効率と電気を溜《た》める技術が、この先どんどん進んでほしいわな」

「日本には原発、五十基以上あるんでしょう。これからどうなっていくのか、素人《しろうと》には見当もつかないですね」

「順番から言えば、まずは国民みんなで節電することだ。それでもって、天然ガスなんかの火力で原発の代わりをしていくのが現実的さ。太陽光だったら家の屋根やビルの屋上とか、開発済みのところを使う、そっちが先じゃねぇかな。地熱ってのもあるけど技術開発の壁があって、火山半島の伊豆でさえずっと先になるだら。国立公園の規制もあるわけだし。もちろん、再生可能エネルギーが増えるに越したこたぁないさ。ただどんな技術だって弱点があるから、一気に偏《かたよ》るのはかえって危ない気がするだよ。まあ無理やり自然を痛めつけるようなこたぁ考えないで、できることから進めていくことが大事じゃねぇかな。それに今は、生活の再建が最優先だ」

「確かに、原発も怖いですが停電だって耐えられないですからね。いきなりみんなの生活が断たれてしまったら、どうしようもないでしょう」

「まったくさ。原発問題の対策に追われているうちに、じわじわと生活が締め付けられているんだから。幸い、この夏は節電なんかで乗り切れそうだけど、早く現実的な代替策《だいたいさく》を立てていかないと、多くの人の生活が守れなくなってまう。将来の政策を考えていくのがわしら政治家の仕事だけど、昨日と同じ明日を、みんなが迎えられるように支えることこそ大事な役割だからな」

「昨日と同じ明日か、漁師にとっての夢ですね。ハハハ」

自らの宿命を岩神に言い当てられたようで、テツは思わず乾いた笑いを響かせた。

「そうだよな、明日はどうなるかわからないって思いで暮らしているのが、漁師らだったな」

「でも、あさっては何とかなるだろうっていう救いはあったんですよ。それを考えると、風評被害《ふうひょうひがい》は本当に恐ろしいですね。ウチで言えば、いきなり獲《と》ってる魚が売れなくなるわけですから」

「まったく東北の農家と漁師は本当に気の毒さ。地震や津波はともかく、原発事故は恨んでも恨みきれないだらぁ」

「同じ立場になったらやりきれないじゃないですか。とにかく正確な情報だけを流してほしいし、こっちにも影響が来ないことを祈りますね」

「まったくだ。水産資源や農業資源が絶《た》たれるっていうのは、この半島の命綱が切れるってことだからな」

岩神は、嫌な想像を打ち消そうとばかりに甘夏を口に入れ、話題を変えた。

「ところで、ここんところの水揚《みずあ》げはどうだい？」

「イカも悪くないし、アワビもサザエも順調に来てます。去年はイセエビが本当に良く獲れたから、今年も期待してるんですけどね」

アワビとほぼ同じ漁場のイセエビ漁は、九月に解禁され翌年の五月まで続く。アワビやサザエとともに、八幡野漁協の貴重な収入の柱であった。

「漁の仕方が上手くなったってこともあるんでしょうけど、イセエビはここ数年増えてる感じがしますね。今年の初めはひと晩で六十キロだ、七十キロだなんてこともありましたから。ダブついて、相場が下がってまうなんて、漁師がぼやいてましたよ。前には、十キロも獲れたら大漁だって騒いでた頃もあったのに」

「七十キロなんてこともあっただか！　じゃあ相場下げてるのは、輸入モンだけじゃないんだな」

漁協の状況を以前から知っている岩神は、背を反《そ》らして椅子をきしませた。イセエビは、オーストラリアなど海外から活《い》かして輸入されるようになって、全体の価格が下がってきた経緯がある。かつては一キロで一万円を超えることもあったが、今では半値以下に落ちてしまった。イセエビ相場の低落は、八幡野漁協の水揚げ高を減らすことにも直結し、いきおい漁業から離れる人間を増やす要因にもなってきたのである。

「相場が下がるって言えば、イカもそうですよ。十日ばっか前にイサムくん、このまま釣ってたら一トン超えて値が安くなるから、途中でやめにしたって笑ってましたから」

「一トンのイカっていうのも、すごい話だなぁ。まあ、どのみちこの海は豊かってことだよな。だから伊東の漁師は呑気《のんき》だなんて言われるのさ。いつだったか、伊東の漁協の人間に聞いたんだけど、昔は旅船《たびせん》の漁師が驚いてたってよ。この程度のうねりで漁に出ないのかって。ちょっと荒れただけで、伊東の船だけ誰も出てなかった、なんてことがあったらしいさ」

旅船とは、伊東に寄港する遠隔地に船籍《せんせき》がある船の呼び方である。遠く千葉や、時には東北の方からもやってくる。旅船の漁師はこの近海で漁をして、東伊豆最大の伊東漁港に水揚げしていくことが多く、中には二カ月も三カ月も長逗留《ながとうりゅう》する船さえ見受けられた。

「旅船も、このところ原油が上がってるから大変だろうな」

「そうですね、もっとも震災で減ってるから、伊東に入港する船が少ないのも当然ですけど、全体的に操業は抑え気味じゃないですかね」

原油価格の高騰《こうとう》は漁師の懐《ふところ》を直撃する。しかし、伊豆大島周辺の好漁場を目の前にする八幡野の漁師にとっては、死活問題というほどではない。岩神は、苦笑まじりに続ける。

「まあ、のんびりやるってのは悪いことじゃないだけどさ、もうちょっと商売っ気《け》出していかねぇと、伊東もさびれてってまうだよう。昔みたく、団体旅行が押し寄せて来る時代じゃないこともあるけど、ひところに比べて、観光客もずいぶん少なくなってきてるしな」

「観光客もそうですが、漁協の行く末は俺も心配してますよ。このままジリ貧になって、子どもにも継がせられなくなったら、やりきれませんから。そろそろ本気になって、次の世代のためにどうするかって対策を打たねぇと、手遅れになりますよ」

漁協に腰を据《す》えて二年半、この頃は事情もよくつかめてその将来性に危機を覚えはじめているテツは、軽く眉をひそめた。

「まあ北海のトドが、網に入った魚をぜんぶ食ってまうとか、日本海でクラゲが大発生して損害受けたなんて漁業被害の話、あっちこっちで聞きますからね。みんな、何億って単位らしいですよ。今回の震災もそうですが、同じ漁業関係者として胸は痛むけど、打撃を受けた話を聞くたびに、ウチはそんな苦労がなくてよかったとは思います。相変わらずイルカは厄介《やっかい》だけど、深刻なことまでにはなってないし」

伊東近海の相模灘《さがみなだ》は、もともとイルカの多い海である。魚やイカを食べ回るイルカには漁師も手を焼いてきた。一九六〇年代を境に捕獲量も減少したが、昔から川奈《かわな》の浜ではイルカの追い込み漁も盛んに行われていた。

「日本海っていやあ、朝鮮半島や中国から流れてくるゴミの漂着も、ハンパじゃないんだってな。前にテレビで見たけど、いったいどうするんだい。片づけるだけでも、何千万円ってかかるそうだよ」

「お手上げでしょうね。金だけで済む話じゃありませんよ。処理しようにも、やすやすと人の手当てがつかないでしょう。危険な薬品なんかの容器もあるみたいだから、下手《へた》に触《さわ》りたくないだろうし」

「まったく、海はつながってるんだから、日本だけじゃなくってみんなで気イつけていかないとな。そうしねえと、われわれがどんなに努力したって、ちっぽけな悪あがきで終わってまうだよ」

そう言うと岩神は腕時計をちらと見て、ゆっくりと椅子から腰を上げた。

「じゃあまた寄るから。エッちゃんのこと、無理する必要はねぇけど、折を見て当たっといてな」

「焦《あせ》らず、ですね。あ、それと岩神さん、今年もアオリの新子は順調ですよ。港行ったらいっぱいいますから、帰りに見てってたら」

「ほー、それは十月の解禁が楽しみだなぁ。去年は俺も、三十パイ以上は釣っただよ」

「俺は二百は超えましたよ。ウチに持って帰っても食べきれないから、周りに配りまくりましたけど」

そう言うとテツは、初めてくつろいだ笑みを浮かべた。

「そういやぁ、こないだはイシワダちゃん。六キロ近いヒラマサ釣ったんだって?」

「ああ、オオナダの磯ですね。イシワダちゃん、両手で抱えて、よろけながら写真撮ってたらしいですよ」

「イナダの群れも、去年みたいなことがあるといいだけどなあ」

「あれは何年に一度みたいな大接岸でしたから。あんなこと滅多にないとは思いますが、期待はしたいですね」

「イサムなんか、釣るのが面倒くさいって、タモで掬《すく》ってたっけか。五十センチくらいのを、何本も掬ったからってウチへも持ってきただよ」

「隣の釣り人、目ぇむいてたそうですね。これじゃあバカバカしくて、釣りなんかしてられないって」

「ハハハ……ありゃ、イサムだからできることだよな。じゃ、よろしく」

立ち去る岩神の後姿を見送りながら、テツは胸のうちで思っていた。

—そうなんだよな、伊東の人間たちはのんびりしてるから。漁協も保守的な体質から、どうしても抜け切れない……。

だからこそ小さな八幡野漁協の将来を本気で憂えてくれる岩神は、最年少組合員のテツにとって心強い存在だった。

六

エッちゃんの漁に連れて行ってもらった次の日から、ツバサは東ノ浜の浅場《あさば》へときどき泳ぎに出かけた。ヒデを伴うこともあり、その時は二人で海女ごっこも楽しんだ。ヒデに浮き輪番をさせ、ツバサが軽く潜って、貝殻をひろっては手渡す。だが海草の陰にいるはずの、サザエやアワビを見つける余裕まではない。時に海草をさぐってみるが、底波に押されて深場まで流されたりすると、必死でもがいて浮上した。ツバサは胸をどきどきさせながら、その先の無限の広がりはどれほどのものかと思う。沖の暗い海に平気で潜っていくエッちゃんに、じんわりと畏敬《いけい》の念がわいてくるのだった。

本心では、またエッちゃんに話を聞いたり、漁に連れていって欲しかった。だが子ども心にも、エッちゃんにまとわりつくのは、控えるべきだと思っている。「こんどは一緒に行くから。早く頼んでくれよう」とせがむヒデにも、いきおい厳しい口調になった。

「エツさんは高校出たばかりの娘さんを亡くされてるのよ。歳の近い私があんまりベタベタしたら、悲しい思いをされるかもしれないでしょ！」

「だってエツさん、またいつでもおいでよって喜んでたって、あの時姉ちゃん言ってたじゃないか。俺も船に乗せてもらえるようにお願いしてくれよ」

哀願するヒデの目を見ながら、ツバサはさとすように言い聞かせる。

「それはね、シャコウジレイって言うのよ。大人はね、言ってることと思ってることは、同じじゃないの。そんなすぐに、またお願いしますなんて言ったら、エンリョのないズウズウシイしい人間だって、白い目で見られるわ。ヒデと違って、私は中学生なんだから。子どもみたいに気安く何でもねだらないのよ」

ツバサがそうして気づかうのは、海女小屋で向き合った時の、エッちゃんの言葉が、心に刻まれているからでもある。ツバサは帰りぎわ、船頭とかわした津波の話題にも、それとなく触れてみた。エッちゃんは、もちろん津波は怖いさと言いながらも「まあ、わっしら海で働く人間が命ィ落とすんは、地震だけじゃねぇからな」と、胸の奥から絞り出したような言葉と潤んだ瞳が忘れられない。その奥に、どこか悲しげな光が宿っている、ツバサにはそう思えてならなかったのである。もしかしたらあの時、自分のことを亡くした娘さんに重ね合わせていたのかもしれない。だから、次回はエッちゃんから声がかかるまで待つべきなのだ、ツバサはそう考えていた。

夏休みが十日ほど過ぎた昼下がりのことである。ツバサはこの日、一人で東ノ浜に来て泳いでいた。東ノ浜の中央あたりには、手すりのついたコンクリートのスロープが、浜から海底に延びている。海の中には、ロープが張られていて、ダイビングの初心者が、ここで訓練して外海に出るのである。ボンベをつけたまま、歩いて海の中に入って行けるので、ダイバーには評判のいい設備だった。夏休みの盛りに入っているので、スロープ周辺は多くのダイバーでごった返している。ツバサは浅場で何度か潜水を繰り返し、ほどなく浜に上がってきた。ダイバーの往来を邪魔しない場所でひと休みしようと、ツバサは少し離れた浜の隅にタオルを敷いた。

海へ浜へと行き来するダイバーを横目に、ツバサは眼の前に広がる海を陶然《とうぜん》と眺《なが》めていた。水平線の果てまで続く青空を舞うカモメは、強い日を受けて羽根を光らせ、いくつか群れを作って飛び回っている。カモメの下に点々と浮かぶ船影と、その向こうで船を見下ろすように泰然《たいぜん》とそびえる伊豆大島の三原山を視界の端に入れながら、

—今日の海は穏やかだから、きっとエツさんも漁に出ているのだろうな……と、ツバサは思いを馳《は》せる。ヒデもいないので、ゆったりした気持ちで時おり港に戻ってくる船を目で追っていると、いきなり頭の上で女の人の声がした。

「こんにちは、今日は一人なんですね」

不意を突かれて、ツバサはびくっとして腰が浮いた。振り向くと若い女性の顔が目に入ったので、すぐに立ち上がり麦《むぎ》わら帽子《ぼうし》を取って挨拶《あいさつ》を返した。

「あ、こんにちは！　ぼーっとしてたから、びっくりしました」

「急に声をかけてごめんなさい。あなた、よく小学生くらいの男の子と来てるわよね」

赤いリボンが付いたつばの大きな麦わら帽子のかげからのぞく目は、ツバサに微笑みかけている。

「あ、ヒデのことですね。弟です。友達の家にゲームをやりに行ったので、今日は一人です」

「私、一人っ子だから、いつもいいなあって見てたの。仲が良いのね」

ツバサより一つ二つ年上、もしかしたら高校生ぐらいだろうか。すぐには気づかなかったが、左手から黄色いリードが伸びている。つながれている中型の茶色い犬には見覚えがあり、ときどきこのあたりを歩いている女の人だと判った。クラスで三番目に背が高いツバサより、さらに十センチくらい長身で、目鼻立ちが整った聡明《そうめい》そうな顔立ちをしている。白いレースのチュニックの下には、グレーのレギンスに包んだ足がすらりと伸びていた。シルバーにピンクのラインが入ったスニーカーで足元を固めているのも、ビーチサンダルをつっかけたツバサとは好対照である。全身から清潔な空気が醸《かも》し出されていて、たまにテレビで見る可愛《かわい》いお天気お姉さんに似ているかな、とツバサは思った。

「あ、突然ごめんなさい。ちゃんと自己紹介しなきゃね。小川アツコ、高校三年生よ。受験勉強の息抜きで、東町から犬を連れてときどきここまで来るの」

見た目より年長だったのは、どこかほのぼのとした雰囲気が、近しく感じられるからだろう。ツバサも快活に応じた。

「私は太田ツバサ、中学二年生です。私は上町に住んでいます。可愛いワンちゃんですね。触ってもいいですか？」

「もちろん！　おとなしくて人が好きだから大丈夫よ」

ツバサも大の犬好きである。その場に屈むと、犬は尻尾を振って寄ってきた。手の汗をペロペロ舐《な》めるのが、少しくすぐったかった。

「名前はなんて言うんですか？」

「ベガよ。別荘地に捨てられていた雑種の仔犬《こいぬ》を、ボランティアの人が保護して、それをもらったの。最近は減ったけど、昔は伊豆高原のあたり、そういう犬がいっぱいいたらしいわ。都会から来た人が、帰る時に置いていってしまうんだって」

「えー、可哀そうですね。でも、ベガはお姉さん。あ、アツコさんでしたよね。アツコさんにもらわれて幸せモンだよ」

イヌオトシの話を思い出し「きみは落とされなくてよかったね」と、ツバサはベガの頭をいとおしそうに撫《な》でる。アツコも、笑みを浮かべてベガに優しいまなざしを向けた。

「いくつですか？」というツバサの問いかけに、アツコは「捨て犬だから歳ははっきりしないんだけど、もう十二、三歳じゃないかな。人間だったら六十歳か七十歳だわ。おじいちゃんで早く歩けないから、一時間くらいかけてのんびりと来るの」と答えた。

東町は八幡野町内の隣町だが、上町から舗装道路を歩けば東ノ浜まで十分ほど。並行して、原生林の中に車を気にせず歩ける遊歩道がついている。こちらは磯伝《いそづた》いに二十分といったところだろうか。東町の中心部には伊豆高原駅があり、この周辺では最も開けた一角になっている。どちらの道で来たにせよ、一時間というのは、高校生にしてはかなりゆっくりした足はこびである。老犬を気づかうアツコの思いやりが伝わってくるようで、ツバサはいっそう好感を持った。

「この春、初めてここに来て、景色がすっかり気に入ったの。だから、写真をたくさん撮っているの。日によって、伊豆大島の見え方も違うでしょ。今日は少し霞《かす》んでるけど、空気が澄んでいる時なんか、泳いで渡れそうに見えることもあるじゃない」

「私もここ好きなんですが、中学生になってからはあまり来ていませんでした。部活なんかで忙しくて。でも、夏休みの自由研究で海女のことを調べはじめてから、ときどき寄るようになったんです」

「え、海女って？　海に潜って海草を採ったり、貝を採ったりする人のこと？」

「そうです。八幡野に二人いて、エツさんていう人が七十歳くらい。チヨさんていう人が六十歳過ぎです。あ、ちょうどベガと一緒くらいですね！」

ツバサの言葉にアッコは小さく笑みを返し「よかったら座《すわ》って少し話さない？」と言った。二人は平らな場所を選び、並んで腰を下ろした。アッコはポーチからペットボトルを出して、ステンレスの器に水を注ぐ。赤い舌を出してはあはあ喘《あえ》いでいたベガは、待ちかねていたようである。ぴちゃぴちゃとせわしく音を立てて水を飲むと、前足で地面を掻《か》いて居場所を整え、二人が座る前に腹ばいで伏せた。アッコは、海女の話に興味を持った様子で、美しく澄んだ目を輝かせている。

「知らなかったわ。港やこの浜で、ダイバーはときどき見てるけど、海女の人がいるなんてぜんぜん気がつかなかったの」

「ダイバーと同じような黒い潜水服を着ているから、見分けはつかないと思います。私も、近くに住んでるのに、よく知りませんでした。でも、漁協に勤めているお父さんが、海女の保存会っていうのを作った話を家でしてくれて。だから調べてみようと思ったんです。ウチのお父さんはもともと八幡野で生まれ育ったんですけど、横浜に就職して私はその時に生まれました。二年半前に引っ越して来たばかりだから、私はまだこの町のことにあまり詳しくないんです」

思わぬツバサの言葉に、アッコは軽いおどろきをみせた。

「えー、そうなんだ。ツバサちゃんも引っ越してきたんだ。あ、ツバサちゃんって呼んでいいかしら？」

「呼びにくいから、ツーでいいですよ。みんな、そう呼んでますから」

「じゃあツーちゃん。実は私も中二の時に越してきて、今年で五年目になるのかな。それにこっちの方へは去年まであまり来たことがなかったから、このあたりのことはよく知らないの」

「えー、アッコさんも引っ越してきたんですね、どこから来られたんですか？」

「私は東京よ、ウチのお父さんは都会育ちのサラリーマンなんだけどね、不動産関係の子会社に移ってこっちへ来たの。今は伊豆高原駅の近くにある古い別荘地に、家を借りて住んでるんだ」

いつも洒落《しゃれ》たチュニックを風に揺らして歩くアッコの姿に、洗練された都会の空気を感じていたので、なるほどと合点《がてん》がいく。ツバサにとって、初めて出会った別荘地の住人であった。かつては富裕層の高級別荘地だった伊豆高原周辺は、今から半世紀前、伊豆急鉄道が全線開通した一九六一年を境に急速な変化を遂《と》げた。年寄りの中には、今でも「伊豆急はまさに黒船だったな。全線開通から三年で、一気に八幡野が近代化されたのさ」という者もいるほど、伊豆高原の生活環境が一変した経緯がある。このあたりの家々は、それまで草ぶきの屋根ばかりだった。道路は舗装などされていなかったので、坂が多い町のこと。晴れた日には土ぼこりが上から下に立ちこめ、雨が降れば至るところに泥の川が発生した。生活用水を供給する井戸が掘られたのもこの頃で、それまで慢性的な水不足で住民たちは川の水を生活に使うなどしていた。以後は、リゾートブームに乗って大小の開発業者が参入し、原生林は街へと姿を変えてきた。八幡野は元より、城ケ崎《じょうがさき》や赤沢の海岸から、内陸の大室山や天城高原まで、短期間で大規模に切り開かれていったのである。土地は高値で取引され、一帯には個人向けの別荘とマンション。さらに旅館やホテル、大企業の保養所をはじめ、ゴルフ場やテーマパークなどの施設が次々と作られ、一大観光地として発展していった。

東京からわずか二時間で来られる利便のよさから、今でも幅広い世代から根強く支持を受ける地域ではある。しかし、バブル経済の崩壊《ほうかい》とともに企業の保養所などは閉鎖されるところが目につきはじめ、新規の開発は滞《とどこお》るようになった。開発業者も撤退したり倒産するなどして、今では空家《あきや》になった別荘も増えている。アツコの父親は、そうした物件を扱う不動産会社に勤めていた。

「お父さん、仕事のことであっちこっち走り回ってて。私なんかびっくりするくらい、このあたりのことにも詳しくなっているのよ」

浜でたまたま出会った二人に、この町では珍しい転校生同士というつながりが生まれ、心の間合いがぐっと縮まった。そしてふと、アツコの頭に今年の乗り初《の》めの場面が浮かんだ。テントで味噌汁をふるまってもらった時のこと。ひとり地元の子に馴染《なじ》んでいない感じの子どもがいたが、あれがツバサだったのでは、と思い当たったのである。しかしそれは口にせず、目をきらきらさせながらツバサに問いかけた。

「海女のお話って、すごく興味深いわ。自由研究をまとめたら、私にも見せてくれる？」

「あ、ええ、かまわないですけど……」

　気軽に返事をしながらも、さて自由研究をどうしたものかと、ツバサは考えあぐねていたところだった。漁についていった時の記録は整理して、ひと通りまとめてはいる。だが、あくまで一回の漁で知り得た話に留まり、長い日記のようなものに過ぎない。これからどう肉付けしていけばいいのか。まだまだエッちゃんに聞きたいこともあるのに、次の機会をどう得ようかつかみかねているところである。最終的にどんな内容にするべきか、自分でもこの先の手がかりがなく、立ち止まっているのだ。ツバサは、自由研究の話題を避けたくなった。どう答えようか口ごもったその時、見覚えのあるエッちゃんの乗った船が、港に近づいてくるのを目の端にとらえた。ツバサは思わず立ち上がった。

「アツコさん、すみません！　私、そろそろ帰った方がいいかも。急に用事を思い出したんです」

「あら、ごめんなさいね。楽しかったから、つい時間たつの忘れちゃって。明日から台風が近づいて来るみたいだから、また会えるの、三日後ぐらいになるかしら。ツーちゃん、あなたの携帯アドレス教えてくれない？　これに入れてくれたら時間とか連絡するけど。それと、エツさんから聞いた話を、こんど読ませてもらっていいかな？」

「はい、エツさんと船頭さんから聞いたお話、別のノートへ綺麗《きれい》に書き直しておきます。台風が来たらどうせ外に出られないから、宿題も終わらせておこうっと！」

そう言ってツバサは、差し出された携帯電話にアドレスをぱっと打ち込むと、アツコとベガに別れを告げて、家に向かって駆け出した。ツバサは、間もなく船を下りてくるエッちゃんと、顔を合わせるのは避けた方がいいと思っていた。

七

翌朝、ツバサは天気予報で台風が接近しているのを確認した。九州のお天気お姉さんがカッパ姿で、暴風雨にからだを飛ばされそうになりながら、どこかの漁港から中継している。ぼそぼそとマイクを叩きつける風音が、嵐の激しさを物語っていた。明日かあさってには伊豆地方も暴風雨圏内に入る見通しであるという。窓の外を見ると、まだ雨は降っておらず、風もさほどではない。八幡野の港はどうなっているのだろう。そうだ、今のうちに海の様子でも見に行ってみようと、ツバサは港に足を向けた。思えば、ツバサが海に行くのは穏やかな日に限られている。台風の時などは絶対に近づかないように、テツから厳しく言われているのだ。

港では、漁協の人や漁師たちが船を岸に引き上げているところで、朝早く出かけたテツの姿もそこにあった。ツバサは浜の入り口にあたる道路で足を止め、少し離れたところから海を眺めた。すでに台風の影響が出ているのだろう。沖には白波が踊り、堤防が入り江を守っている東ノ浜でさえ、高い波が巻き返して浜を洗っている。空と海はもはや一つとなり、朝の八時は過ぎているというのに、世界は薄やみに包まれていた。もちろん伊豆大島も、そして大地を照らす太陽も、その姿をどんよりした靄《もや》の中に隠している。

ツバサは、自分だったらこの風景をどうやって表現するだろうか、頭の中で思い描いてみた。立体物など明瞭《めいりょう》な輪郭《りんかく》はないので、下絵のスケッチはしなくてよい。画用紙全体を灰色で塗り、細筆で幾筋もの白い線を走らせるところが海。丸筆を、たっぷりの水で薄めた黒い絵具に浸して、さあっと流れる雲を浮かべる。そこが空だ。しかし、雲の向こうに身を潜めつつ複雑な陰影を作り出す太陽の光を、どう表せばいいのか判らない。これなら、晴れた日の方がずっと描きやすいと思った。

ツバサが、絵のことを考えながら佇《たたず》んでいると、港に続く道の向こうから、浅黒くがっしりした体格の男が笑みを浮かべて歩いてきた。

「ツーちゃん、今日は泳げなくって残念だね。あさってまで影響は残るだろうから、しばらくはお預けだなぁ」

「やっぱり三日もダメですか。ちょっと悲しいです」

男は、ダイビングセンターに勤めるキヨシだった。昔は実家が下町にあったそうだが、父親が漁師を廃業して、今は東町に住んでいるという。キヨシは食卓でときどき話題に上るテツの幼馴染《おさななじみ》なので、ツバサも多少は親しみを感じている。この天候なので、もちろんダイバーの姿は見られず、キヨシも海の様子を見に来たのだろうか。夏の繁忙期《はんぼうき》、ふだん見かける時はいつも忙しく動き回っているキヨシだが、今日ばかりはのんびりした顔つきをしている。

「ツーちゃん、この間エッちゃんの船に乗ったんだって。自由研究で海女のこと調べてるって、テツから聞いたさ」

「そうなんです。いろいろと教えていただいて、楽しかったです！」

行き会えば挨拶はするが、それほど話をしたことがあるわけではない。すぐにこの場を離れるつもりだったが、自由研究のことを持ち出されて思わず足が止まった。

「赤沢の方は、ダイバーの人がアワビやサザエを採っているって聞きましたが、ダイバーだったら、すぐに海女の仕事をできるんですか？」

ツバサがダイバーの話をするとは、意外だったのだろう。キヨシはおやという顔つきを見せた。

「いや、ツーちゃん。それは難しいだよ。だいたい、貝を見つけるだけでもひと苦労さ。ダイバーは、魚とかイカとか海で泳ぐ生き物を見ようと思って潜っているだろ。たいていは海の底なんか見慣れてないのさ。まあ、ここで長年インストラクターをやってるおっちゃんたちなら、ある程度の地形はわかっているから、多少は役に立つだろうけど。よそから来たダイバーに、いきなりさあ採ってこいと言っても、簡単な話じゃないさ」

「そうなんだ。エツさんは一人前の海女になるのに十年はかかるって言われたけど、だからなんですね」

「まあ、十年ってのがどうか判らないけど、いろんな難しさがあるさ。ダイバーより海女の方が深いところに潜っていくし、それにBCDだって着けてないから」

「BCDって何ですか？」

「あ、ツーちゃんはBCDなんて知らないやなぁ。そこの事務所にあるから見せてあげるよ」

そう言ってキヨシは、すぐ先のダイビングセンターにツバサを導いた。ツバサがついて入ると、キヨシは奥からパイプのついた、分厚いベストのような装備を持ちだしてきた。

「BCDっていうのは、浮力を調整する機械さ。空気を出し入れしながら、深いところに潜ったり、浮上したり。ダイビングには欠かせない道具だよ。ダイバーはこれを使い慣れてるから、海女とは勝手が違うんだ」

「エツさんは、海女は時間との勝負だって言い方されてました。いきなりダイバーが、漁で時間との戦いをするのは、大変なことなんですね」

「そう、時間との戦いって言うのもね、まずはボンベの時間が限られているだろ。海女は中の空気の使い方も上手なのさ。小さな呼吸で、できるだけ消費しないように気をつかう。初心者なんかハアハアやってまって、ボンベも長く持たないだよ」

「私なんか、ちょっと深いところへ行くとドキドキしちゃうから、きっとすぐにボンベの空気が無くなるんだろうな」

ツバサは、自分が少し深いところに流されただけでも、恐怖を覚えたことを思い返す。キヨシはツバサに、そこに座ったらいいよと長椅子を指差した。キヨシも丸椅子を取り出し、向かい合わせの格好になる。

「まあ、そのへんは何回かやってれば、少しは慣れてはくるけどね。慣れてきたら、そりゃあツーちゃんだってサザエやアワビくらい、いくらかは採れるさ。だけど、アワビ採ってて、うっかりウニやらオコゼ、アイゴに触ったら痛い目にあうし、穴に手を入れてウツボに指をかじられることだってあるんだから」

「前にヒデが、釣ったアイゴに刺されて泣いてました。あれって、痛いんですよね」

「痛いのなんの！　下手したら病院送りだよ。ただ、危険はそれだけじゃない。アワビやトコブシは岩の隙間や下にいる。そこを探ってる時に、ひと抱《かか》えもあるような岩がごろんと動いて、手でも挟《はさ》まって抜けなくなってまったら、ツーちゃんどうする？」

「えー！　そんな大きな岩が転《ころ》がることがあるんですか」

「あるある、だから漁をするっていうのは、常に危険と隣りあわせなの、わかるだろう。エッちゃんが言う時間との戦いっていうのはね、危険をかわしながら、どれだけたくさん稼げるかっていう、仕事だからなのさ」

「仕事だから……」

「そう、仕事だから。たとえば今日みたいに海がシケると漁に出られないだろ。長いときは一週間くらい休むことになる。まあ台風ほどじゃなくても、低気圧が来たらやっぱり船は出せないし。どうだろう、漁をやってる半年の期間で、平均すれば三日に一日ってとこじゃないかな、操業できるのは」

「そんなに出られないことが多いんですか！」

「そう、だけど出られたって、いつもアワビやサザエが採りやすいところに顔を出してるわけじゃないんだ。やつらも自然の中の生き物だから、その日の海の状況によって居場所も違ってくるさ。ツーちゃんだって、雨の日や風の日に散歩なんかしたくないだろ。姉弟《きょうだい》げんかして、虫の居所が悪い時だってあるかもしれないし。ま、それは冗談《じょうだん》にしても、似たようなモンさ」

「アワビの散歩……そうか、エッさんはアワビが油断している時に、さっと採るんだって言ってました！」

「そう、面白いモンでね、漁が終わった冬なんかに潜ると、アワビは岩の表面なんかにいて、ダイバーでもけっこう見つけやすいのさ。やつら、冬には海女が来ないってわかってるからじゃないかと、おっちゃんは思ってるんだけどね。それに夜ンなると、泳いで移動するみたいなんだよ」

「アハハ、アワビってお利口なんですね。季節や時間によって、いる場所も違うんだぁ。そう言えばエッさん、ヒロメが出ている時期は、アワビを見つけにくいって言ってたかな」

「ヒロメのこともそうだし、五月なんかは春濁《にご》りって言うんだけど、海の中の見通しが悪くなってね。ダイバーにとってもやりにくい時期さ。だけどサザエやアワビは、漁協の貴重な収入源だから、条件が悪いなんてボヤいていられない。一回の漁で、どれだけたくさん採れるかっていうのは、海女だけじゃなくて漁協全体の問題だから。海女の船を出すだけでも、船頭の日当や船の油代、ボンベのお金なんかもかかるだろ」

「そうかあ、だから時間との戦いなんだ。じゃあエツさん、すごいプレッシャーを感じて、漁をしているんですね！」

涼しい顔で漁をしていたエッちゃんが、内面では日々重い責任を負いながら漁協を支えているという。高齢にして過酷な漁に携わる肉体的な苦痛だけではない。精神的にも大きな負担を強いられているというのは、ツバサにはまったくうかがい知れない事実だった。

「だからおっちゃんはな、エッちゃんに言ったことがあってさ。いったいどんな顔をして漁をしてるのか、近くで見てみたいようって。エッちゃん、とてもじゃないけど、人さまになんか見せられないって笑ってたさ。いつもせっぱ詰まってるから、自分でもどれほどおそろしい形相《ぎょうそう》してるのかが想像つくって。まあ、スポーツ選手だって、絶体絶命のピンチに陥ると、近寄りがたいほど険しい表情になるだろ。エッちゃんは海に潜って貝を採ってる間じゅう、そんな顔をしてるんだと思うよ、きっと」

エッちゃんは、海の中で金をかき集めているようなもんさと笑っていたが、ツバサにとっては冗談として受け止められる話ではない。エッちゃんが長年、生業《なりわい》としてきた海女漁の厳しさの一面に触れ、深く感じ入らされた。

「とくにボンベになって、エッちゃんの行動範囲も広がったさ。一回潜って二十メートルも三十メートルも動き回る。だから、泳ぐっていうより磯を翔《か》けるってイメージなんだよな、おっちゃんの中では。だから、そんな様子をビデオにとって市の観光課のホームページで流したらいいって言ってるさ、みんなびっくりするんじゃないかな」

キヨシはそう言うと席を立ち、事務所の奥にある冷蔵庫の扉を開けた。「ツーちゃん、やんもジュースでいいかい」という問いかけに、「はい！　私、やんもジュース大好きです」と元気良く返事をした。やんもとはヤマモモの俗称であり、八幡野近辺の海岸に多く群生しており、見上げるほどの大木もある。小さな赤い実はこのあたりが北限と言われ、八幡野では町をあげて特産品として育ててきた。郵便局や病院など、周辺の施設やイベントに『やんもの里』という冠《かんむり》がつけられることも多い。ツバサはもう少し話を聞きたかったこともあり、キヨシの好意を素直に喜んだ。

「ツーちゃんの自由研究に、少しは役に立ったかい？」

キヨシが、缶コーヒーの栓《せん》を開けながらたずねた。

「あ、はい。とっても参考になります。帰ってから、エツさんと船頭さんのお話と一緒に、まとめ直すのが楽しみです」

ツバサも缶ジュースの栓を開けごくりと飲むと、甘酸っぱいつめたさが心地よく喉に染みわたった。

「ツーちゃんはえらいもんだねえ。ウチの娘にも、ちったぁ見習ってほしいだよ」

キヨシの娘サキは、ツバサと同じ中学の一学年先輩になるが、話をしたことはない。顔を見知ったサキはともかく、取り巻きの友達に少し近寄りがたい雰囲気があって敬遠しているのだ。サキの話は聞き流して、ツバサは別の話題をさがした。

「台風がどっかに逸《そ》れていってくれるといいですね」

窓の外を見やると、伊豆大島の方から不気味な黒い雲が、どんどん迫ってくる。遠くから風を切る音も聞こえはじめてきた。

「まったくだよ。この二、三年はずいぶん様子が違ってきてるように思うさ。台風の数は減った気がするんだけど、一発一発がでかくなってるみたいでね。二年前、伊東は相当な被害を受けたのを、ツーちゃん覚えてるかな？」

「あ、はい。私が来た年ですよね。雨も風も、あんなに激しいのは初めてだったから、びっくりしました。伊東でも珍しいんですか？」

「ああ、そりゃあ昔も大きい台風はあったけど、こんなにたくさん来なかったんじゃないかなぁ。やっぱりどっか、おかしくなってるだよ。ツーちゃんは温暖化って、知ってるだろ？」

「はい、地球温暖化ですよね。学校の授業で習いました。二酸化炭素が増えて、地球の気温が高くなっているってことぐらいだけですけど。石炭や石油とか天然ガスなんかの火力発電が一番の原因だって先生が言ってました。やっぱり火力発電は環境によくないんですね」

「もちろんそういう面もあるんだろうけど、恩恵《おんけい》の方も大きいからなあ。おっちゃんも聞いた話なんだけど、江戸時代まで三千万人から増えなかった日本の人口が一億三千万人になったのは、石炭や石油なんかの化石エネルギーのおかげだそうさ。それまで人は森に頼ってたから、当時の日本は、そこいらじゅうが禿《は》げ山だらけだったんだって。ここいらも、後ンなってから植林した杉林も多いんじゃないかな」

「そうなんだ、難しいんですね。たくさんの人が生きていくっていうのは」

「まったくさ。それに温暖化のせいで海水温も不安定ンなって、魚なんかもこのごろ変わってきてるよ。昔は見られなかったような魚が、南の温かい潮に乗ってきてさ。中には、死滅回遊魚って言って、冬の間にはたいてい死んでまうやつらが、この頃はここで冬を越せるだよ。まあ、珍しい魚が見られるのは、ダイバーが喜ぶってことだからさ。おっちゃんたちにとっては悪いことばっかりじゃないんだけど、ちょっと気味は悪いやなぁ。海草の具合も、ずいぶん変わってきてるし」

「エツさんも、磯焼けの話をしてました。テングサがヒロメに変わったり、枯れてしまったところがあるんですね」

「そう、海草が無くなるってことは、そこを住みかにしたり、そいつらを餌《えさ》にしていたやつらが生きられないってことだろ。陸上でも森が消えて、裸になった山には動物も寄り付かない、同じことさ。だから、すっかり減ってまった魚なんかもいてね。年寄りなんかは、昔は堤防のまわりがメジナの子どもで真っ黒になったモンだって言ってるよ」

「やっぱりそうなんだ。磯焼けになったら、もう元に戻らないんですか？」

「なかなか手の打ちようはないだよ。漁協でも、水温なんかのデータはとってるんだけどさ。本当は海ン中の移りかわりなんかをもっと計画的に記録してきてたら、対策立てるのに役立ったかも知れないんだけどな」

「そうやって海の状態が変わってきても、まだまだ海女が仕事できるのは嬉しい。だから、海を守ってほしいってエッさんは言っていました」

「それは、おっちゃんもまったく同じさ。八幡野は小さい海だし宣伝も大してしてないから、ダイバーの数はそれほど多くはない。とくに今年は震災でよけいに減ってるけど、それでもいつもの年だと、多い日なんかは三百人以上の人が潜りに来るからね」

「八幡野に一日三百人もですか！」

「ああ、隣の城ヶ崎は規模が大きいから、千人超える日もあるって言うさ。富戸だって赤沢だって、あと南に行ったら、全部で何千人。いや、それこそ釣り人なんかも入れたら、東伊豆だけで軽く万単位じゃないかな。ダイバーや釣り人ン中には、東京の方から毎週来ているような連中だっているさ。そんだけの人たちを惹《ひ》きつけるのが、この伊豆の海なんだから」

「いつも、夏休みになるとすごい人だなって驚くこともありますが、そんなにたくさんの人が来るんですね、この海に！」

「おっちゃんだって沖縄はもちろん、サイパンだ、セブだ、プーケットだって、ダイビングで有名な外国の海に潜ったさ。そういう南の島は、確かにここは比べモンにならないくらい海は透明で、ツーちゃんだってびっくりするよ。まったく同じ海かって言うくらい、水質が違うんだから。だけどおっちゃんは、やっぱりこの海が一番好きなんだよな。見慣れた景色ってのもあるけど、魚の種類が豊富で飽きないから。それに、どいつも小さい頃から一緒にここで暮らしてる、可愛い仲間なんだって愛着を持ってるし」

「仲間なんだ、お魚さんが。お父さんも、そう思ってるのかな？」

「そりゃあテツもそうだらぁ。小さい頃、いつもおっちゃんと一緒にここで潜ってたんだから」

幼いキヨシとテツが一緒に泳いでいたという話を、ツバサは思い返した。

「もしかして、キヨシおじさんも浮き輪番をしてたんですか？」

「ほお、ツーちゃん、浮き輪番なんて言葉を知ってるんだ！　テツに教えてもらっただか、ハハハ。まあおっちゃんは小さい頃から潜りが得意だったから、すぐに卒業したさ。貝を採ってきちゃあ、浮き輪番してるテツに渡してただよ」

キヨシの言葉を聞いて、もう一つ裏づけも取れたとばかりに、ツバサはにやりとする。椅子から腰をあげ、缶の底に残ったジュースを飲み干すと、頭をぺこんと下げた。

「キヨシおじさん、面白いお話をいっぱい聞かせてくれて、ありがとうございました。自由研究、がんばります」

そう言ってツバサは、いちだんと雲行きがあやしくなってきた港を後にした。

その日、夕食の膳《ぜん》をかこみ、サザエの刺身《さしみ》をつついていたテツはツバサにたずねた。

「そう言えば、あれから海女の研究はどうだい。順調に進んでるか？」

「エッさんと船頭さんから聞いたお話は、すぐにまとめ直したよ。あと、今日はキヨシおじさんからダイバーと海女の違いなんかを教えてもらったの。だから、それも書き加えなきゃ。宿題を早く終わらせちゃって、もう少しいろいろ調べたら、完成させようと思ってるんだ」

テツはミナコと目を見合わせた。二人とも、宿題を早く終わらせてというツバサの殊勝《しゅしょう》な態度に、少し感心した様子である。ヒデは両親をちらとうかがい見たが、宿題の話が自分に飛び火してはかなわないとばかりに、目を伏せてサザエの炊《た》き込みご飯をかきこんだ。

「宿題を早く終わらせるなんて、たいしたものじゃないか。まあ、海ン中のことを一番知っているのはエッちゃんだから、また教えてもらったらいいさ」

ツバサは、エッちゃんでさえ首をかしげていた話を思い返した。

「このあたりの磯もずいぶん変わってきたんだって、エツさん言ってた。でも磯焼けはどうして起きるのか判らないって」

「磯焼けなら俺、知ってるよ。海草が枯れちゃうんだよね」と、したり顔をしたヒデが割って入ると、家族の皆は思わずヒデの方を向いた。

「五年生の社会でやったんだ。御前崎《おまえざき》っていうところの写真が教科書に載《の》ってたよ」

ツバサは、自分が知らないことをヒデが知っていたので少し癪《しゃく》だったが、学校で習った内容が違うのであれば仕方がない。

「じゃあ、どうして磯焼けになるの？」

ツバサが悔しさを押し殺して言うとヒデは首を横に振った。

「それは、先生もよく分からないって言ってた」

「父さんも水産試験場の人と話したことがあるんだけど、磯焼けは日本全国の海で問題になってるさ。ワカメやコンブみたいな海草が主力のところは、大きな打撃を受けてるみたいだって。いろいろ対策は打ってるらしいんだけど、原因が一つじゃないから。なかなかいい手が打てない。どこも苦労してるんじゃないかな」

「やっぱりそうなんだ。じゃあ磯焼けっていつ頃から始まったの？」

「元々は、百年くらい前に伊豆のテングサ漁を研究していた学者が使った言葉なんだってさ。だから、そんなに新しい話でもないみたいなんだよ。当時は、ウニやら魚に食い荒らされる食害が目立ってたらしいさ」

「へえー、そんなに前からあることなんだ。私、海が汚れて磯焼けになったんだろうって、勝手に思ってた」

「もちろん工場や生活廃水。ゴルフ場や農地の除草剤も海には流れ込んでくるから、いろいろ影響はあるだらぁ。それでも、ひところよりかはまだ良くなったて言う人もいてな」

「えっ、そうなの。昔の方が汚れていたの？」

その話を聞いて、ツバサは地理の時間に水俣病《みなまたびょう》やイタイイタイ病、四日市《よっかいち》ぜんそくといった公害病について習ったことを思い出した。公害対策基本法ができ、環境庁が発足したのも確か一九七〇年前後だったのではないか。ちらとヒデを見ると、どうやら公害の知識はなさそうである。話に無関心を装い、煮物《にもの》の鉢《はち》からいつものように肉をせっせと掘り出していた。

「きっと、今から五十年くらい前のことなんだろうな。父さんが生まれるちょっと前さ。ひどい時は相模湾を沿うように赤潮《あかしお》が発生して、真鶴《まなづる》からこっちまで海面が真っ赤になったって言うさ。今でもたまに赤潮は出るけど、当時はもっとひどかったじゃないかな。ねえ、母さん」

テツは、横に座る祖母に話を向けた。祖母は漁に出ることはなかったが、荷降ろしの時にはたいてい港で迎えていたので、海の様子は判っている。

「ああ、赤潮んなると漁になンねぇって、父さんは昼間っから酒ばっか飲んでたさ。こっちも邪魔《じゃま》くさいから、そんな時は早く赤潮が引いてくれねぇかなって思っただよ」

祖母は苦笑いを浮かべて、ツバサに祖父の思い出を口にした。考えてみれば祖母はエッちゃんや船頭と近い年周《としまわ》りなので、当時のことを知っていて当然である。

「赤潮って……、どうしてそうなっちゃうの？」

再びツバサはテツに疑問を投げかけた。テツはコリコリと音を立てながら、サザエの刺身を美味《うま》そうに噛《か》んでいた。この二、三日、漁に出られない日が続いていて、イカや魚が入らないからと、今日は所長から畜養所《ちくようじょ》に活かしている水槽のサザエを分けてもらってきていたのである。

「赤潮も千年以上前から記録が残っている自然現象だって言うんだけど、最近のはまったく事情が違ってな。海イ汚れたのが原因で、東京湾の汚染なんかが最悪だった時期あたりからだよ。その頃はまだ下水が普及していなくて、工場の廃液なんかも垂《た》れ流しだったからな」

テツの言葉にうなずきながら祖母も言葉を重ねる。

「ひどい時には港に魚なんかもたくさん浮いたりしたモンさ。白い腹ぁ見せて、口ぱくぱくやってありゃ可哀想だったな」

「赤潮ってのは、要するにプランクトンが大量に発生してな。あれが海面を覆《おお》うと、酸欠になって魚が苦しむのさ。東京湾あたりじゃ、夏場なんかによく出るって言うだよ」

「聞いただけで気味が悪い話だね、あんまり見たくないかも……」

そう言って、ツバサはヒデと顔を見合わせた。

「そんなこともあって、海に影響を与えないようにゴルフ場の農薬や船の塗料なんかも、ずいぶん規制されるようになってきたさ。ここいら、外側の風景はあんまり変わらないけど、海の水や海底の状態は父さんが生きてきた時代だけでも、想像つかないような変化を繰り返してきてるじゃないかな」

ツバサは、テツの人生の時間の中でさえ海が大きく変化しているという事実に、素直な驚きを覚える。

—じゃあ自分が生きている時代には、この先どんな変化をしていくのだろうか……。

「まあ、磯焼けのことは海水温の上昇も関係してるそうだしな。地域によっても原因はずいぶん違うみたいさ。八幡野もアワビやサザエが採れなくなってまったら大変だから、試験場の人たちの考えなんかも聞きながら、対策を研究してるだよ」

「でも、原因がわからないんだったら、どうすればいいの？」

「まあ、自分たちの力ではどうしようもないことが多いさ。ここだけで何かをやっても、海はつながっているしな。だけど、諦《あきら》めてまったら何も進まない。国だって富戸に魚《うお》つき林を作って、海の環境を守ることなんかもしてるだよ」

ツバサが船頭から聞いた魚つき林の話を思い出した瞬間、ヒデが「魚つき林の写真も教科書に載ってたよ」と言い、松の苗を植えたこともあると得意げな顔をしてみせた。ヒデはツバサのように勉強熱心ではないが、地名を覚えたりすることや、土地の風土について学ぶのは好きだった。

「もちろん、そうやって国がやってくれるのはありがたいことさ。だけど、頼りっぱなしじゃどうしようもないからな。どんな小さなことでもいいから、自分たちでできることもやろうって。タイやアワビの子どもを放して、資源を増やす取り組みなんかしてるのもその一つさ」

「へー、そんなこともするんだ。漁協のお仕事って、お魚とかアワビなんかを取引してるだけかと思ってた。でも、磯焼けのところではやっぱり育たないんでしょ？」

「そう、だからそんなところには粗朶《そだ》って言ってな、カシの木やシイの木を山のように組み上げたやつさ。そいつに錘《おもり》をつけて、どんどん海に沈めたりするのさ。夏前の時期ンなると、船に五杯も六杯も積んで行くだよ」

粗朶という言葉に、祖母も思わず箸《はし》を止めて会話に割って入る。

「昔っからわしらぁ女衆《おんなしゅう》も、林ん中へ木イ取りに行って、粗朶つくるのを手伝ったモンさ。適当なの探しに藪《やぶ》に入っていくから、引っかいたり蚊にやられたりしてな。あれは、けっこう大変だったじゃよ」

「えー、ばあちゃん。どうして海の中に木を沈めるの？」

ヒデが興味深げに問いかけた。

「そこが小魚の隠れ家ンなったり、産卵場所になったりするからさ。魚の家、いやたくさんの魚の集合住宅だから、マンションを作ってやってるようなもんかなぁ」

祖母が言うと、ヒデはいいことを思いついたという目をして声を挙げた。

「じゃあ、家賃もらわなきゃ！」

「ハッハッハ、ヒデはおもしれえこと言うだじゃ。だけど魚が大きく育ってくれたら、たっぷりお釣りがくるだよ」

祖母は、ヒデの突飛《とっぴ》な思いつきにしんそこ可笑《おか》しそうに応じた。祖母にとって、家族の団欒《だんらん》そのものが幸福を感じる時間だったが、こうした昔話はいっそう愉快である。

「わっしらぁ女衆が、細い木ばっか選んで持っていくとな、父さんが怒ったもんさ。こんなんばっかじゃすぐに失《う》せてまうじゃねぇかってな。あんまり太い枝は重くって、運ぶのがしんどいからしようがないだよ、ハッハッハ」

再び、祖母の笑い声がひびいた。つられるように笑みを浮かべるツバサとヒデに、テツは再び解説を加える。

「ここらにアオリイカが多いのも、やっぱり粗朶の効果もあるじゃねぇかな。あと、ときどきキヨシたちダイバーの力を借りて、海ン中の掃除なんかもしてるさ。多い時は、百人くらいのダイバーが手伝ってくれてな、相当なゴミを集められるし。それに、漁師たちも海を汚さないように、気ぃ遣《つか》ってるだよ。だから海がひと頃より綺麗になってるんだろうし、中には増えてるって感じるモンだってあるさ」

テツは、このところのイセエビの豊漁を思いうかべた。

「みんなが海を守るために、いろいろな努力をしてるんだ。でも、お父さんたちが海をよくしていこうって取り組んでるの、すごく嬉しいわ！」

ツバサがそう言ったところで、ミナコが卓の上の皿を片づけはじめた。テレビでは、ちょうど七時のニュースの時間が終わったところである。早い日には、ニュースが始まる時間に食事が終わっていることもあり、それだけ話題に花が咲いたことの表れだった。この日はツバサが好きなクイズ番組があり、いつもならチャンネルを変えるところである。しかし今日はテレビを見ないで、ミナコの皿洗いを手伝おうと腰を上げた時である。テレビから流れてきたナレーションに、思わず足が止まった。『復興の海～カキ養殖の現場から』というテロップが映された時、ツバサはテツと目を見合わせた。テツが小さくうなずき、リモコンでボリュームを上げた。夕食時はたいてい、テレビ画面ではニュースが流れているが、声は小さく落としている。家族の誰かにとっての興味深い話題や、被災地での明るい出来事を伝える場面などがあると音を上げるのが、このところの一家の慣《なら》わしだった。震災以来、関連のニュースが流れると「本当に気の毒じゃ」「家族を失ったら、失った悲しみだけじゃない。そっから新しい不幸が始まるのさ」と言って、祖母が涙ぐんだりもする。ツバサも、同世代の子どもたちが抱える悲話が伝えられるたび心を痛め、時にはいたたまれなくなって自室に引き上げることもあった。被災地の悲しみを思いやりながら、新しい希望の光が差すことを、一家の誰もが心から願っていたのである。ツバサは番組がはじまると、再び卓の前に座った。

番組の舞台は、宮城県の気仙沼《けせんぬま》である。冒頭《ぼうとう》で『この海は五十年ほど前に海の汚染が広がり、深刻な漁業不振に陥りましたが、一人の漁師の努力によって見事に再生していったのです。この番組では、その道程《みちのり》を辿《たど》っていきます』という説明がなされた。「東北みたいなところでも、海イ汚れてたなんて時があるんだなぁ。やっぱりどこでもある話なんか」という祖母の呟《つぶや》きを耳にした時、『森は海の恋人運動』という文字がツバサの目に飛び込んできた。

「あっ、これ小学校の教科書に載ってた！」と言って立ち上がり、二階に駆け上がって行った。ツバサはすぐに二冊の古い教科書を手にして戻ってくると、ぱらぱらとページをめくり、「あった。ほら、ここ！」と言って写真とイラストがふんだんに使われた、色彩豊かなページを指し示した。そこには気仙沼湾に流れ込む大川の上流、岩手県の山で取り組まれている、森林保全運動の内容が見開きにわたって紹介されている。テツは五年生という表紙を確認し、「ツバサが横浜の時に使ってた教科書だな。よく覚えていたじゃないか」と、感心してみせた。祖母もミナコも、「ほんとに」と顔を合わせてうなずいている。

ツバサは、「船頭さんが魚つき林の話をしてくれた時は、はっきり思い出せなかったんだけど、テレビ見て、これだったたって気づいたの」と声を昂《たか》ぶらせた。

「それにしても最近の教科書はえらく派手になったモンだなぁ。それに、父さんの時代よりも大きくなってるし、ずいぶん読みやすいよな」

テツの言葉を受けて、ミナコも教科書を手にしてぱらぱらめくった。

「インターネットのこととか、私なんか知らないことばかりだわ」

「そうだよな、ツバサたちの方がよっぽど物を知ってるかもしれないな」

これまで、子どもたちの教科書に関心を寄せたことなどなかったテツとミナコである。珍しそうに教科書を繰《く》る二人の横で、ツバサは画面にくぎ付けになっていた。ヒデさえも、おとなしく腰を落ち着けて静かに見入っている。ツバサは、テレビの脇にある小ダンスの上から、メモ用紙と鉛筆を取り出して手を動かしはじめた。三十分番組だったが内容は濃く、ツバサはこの海の再生の歴史を八幡野の海と重ね合わせた。

汚染が進んだ気仙沼湾では頻繁《ひんぱん》に赤潮が発生するようになり、盛んだったカキ養殖が甚大《じんだい》な被害を受けた。ひところは、地元の漁師もどんどん海を離れていき、養殖業の先行きさえ案じられたという。しかし二十年ほど前のこと、『海の汚染が進んだのは、工場や生活排水だけじゃない。山が荒れていて、川から供給される栄養分に原因がある』と見抜いた一人の漁師が、川の上流にある森に木を植える活動をはじめていった。その後、植林運動は『森は海の恋人』運動と名づけられ、地元住民を巻き込んで広がり、再び恵《めぐみ》の海へと劇的に再生することになる。ツバサは、あっさりと書かれた教科書の記述が、人の手によって海を生き返らせた奇跡であることを知った。それとともに、遠くのどこかで行われている自分とは無縁だと思っていた出来事が、いきなり身近な現実感を伴って迫ってきたのである。

しかし無情にも巨大津波は、住民の努力で蘇《よみがえ》らせたこの海を襲《おそ》い、近隣の一帯は火に包まれたという。漁業で暮らす気仙沼の町は壊滅的な被害を受け、養殖設備のみならず大半の船と漁業関連の施設が流失してしまった。海の再生活動を支えてきたその漁師も、最大の応援者だった母親と、すべての生産設備を失ったという。

ツバサは番組に没入しながら、これまでニュースを見て感じてきたものとは異なる喪失感《そうしつかん》を覚えていた。被災地と八幡野を、これほど同一視したことはなかったのである。目の前にいる家族の顔を見まわし、とつぜん自分がすべての大切な人と、住んでいる町を失うというのはどういうことなのだろうか、と思わずにいられなかった。絶望にくれる自分の姿はたやすく想像がつく。しかし、再び立ち上がるための手掛かりなど、とうてい見つからないのではないか。ツバサは永遠に過去の自分には立ち戻ることができない確信に行きついた。

しかし漁師は『壊れたのは人間の都合のところであって、海はなんにも変わっちゃいない。必ず立て直してみせる』と言って、再び復興に向けて活動をはじめているという。海の底に溜《た》まったガガレキの撤去だけではなく、今年の六月も千人以上の支援者や地元の高校生たちが集まって、例年通り山では植樹祭が行われた。徐々にではあるが海の様子も元の姿を取り戻しており、『四月ごろにはすっかり生き物の姿が消えていたけど、六月くらいからはアマモがつきはじめて、小魚もいっぱい見られるようになった。自然の力はすごい』という漁師の言葉で番組は締めくくられた。そして最後に映し出された漁師の笑顔と、美しい海に小魚が帰ってきた映像をツバサが眼にした時、画面がぼやけて見えなくなった。

祖母とテツの話、そして特別番組で受けた小さな感慨は、そのままツバサの勉強意欲につながった。外の嵐にときおり身をすくめながら、ツバサは夜遅くまで机に向かう。翌朝も早くから起き出し、宿題にとりかかった。激しい風雨で外に出られないヒデが、退屈してゲームをやろうと何度も誘いかけてくる。あまりうるさいので、少しだけ相手をしてやったが、ツバサは一心に勉強を続けた。午後になり、台風の勢力が最大に強まった頃、アッコからメールが届いた。

―久しぶりの台風、直撃みたいだよ。ときどき外で大きな音がするので、物が飛んだり、木が折れたりしてるのかな。海も大荒れだろうね。ツーちゃん、宿題は進んでる？　私も受験勉強がんばるわ！　こんど会えるの、楽しみにしているよ、じゃあね。

アッコからの初めてのメールに、ツバサは心がはずみ、すぐに返信をした。

――昨日港に行ったら、東ノ浜にも高い波が来ていて、沖は真っ白でした。今ごろ、八幡野の海はすごいことになっていると思います。だから、ずっと家で宿題をやっていて、もう少しで終わりそうです。早く自由研究にとりかかりたいなあ。

最初は弟が勉強の邪魔《じゃま》をして困ると打ちはじめた。だが、アツコが一人っ子でさびしいと言っていたのを思い出し、内容を変えることにした。気仙沼の話も書きたかったが、長くなるので次に会った時に話そうと思った。例年であれば、夏休み最後の週にあわてて宿題に手をつけるツバサである。今年は半ばにして終わる見通しが立っていることには、われながら感心する。ささやかな達成感を抱きながら、早くアツコに会って自由研究の話などするのを、楽しみにしていた。

八

台風が去った翌日の午後、ツバサはアツコと待ち合わせている東ノ浜へ向かった。予定通り宿題をやりとげたので、ツバサはなかば浮かれた足どりで歩いていくと、東ノ浜には大量の流木やゴミが漂着したのだろう。台風の爪跡《つめあと》は岸に引き上げられたままの船の向こう。崖《がけ》っぷちの方に寄せられ、今も数人の人たちで片づける作業が続いていた。ツバサはふと、東北沿岸部の光景を思い浮かべた。家族や仲間とともに一切が流され、すっかり更地《さらち》になった荒涼とした景色の中に、うず高く積まれたガレキの山。それは今、ツバサの目の前にある流木とゴミの山のような、出どころの知れない物ではない。わが身に置きかえてみれば、ツバサにとっては懐《なつ》かしい生活の痕跡《こんせき》や、自らの成長の証《あかし》などが刻まれた人生の記録なのである。積み上がるガレキは、日々の暮らしと過去の思い出。そして未来の希望さえ失った人びとの絶望感と、嘆きの大きさの象徴であるように思えた。つらい記憶とともに流し去ってしまいたい残骸《ざんがい》があるかぎり、かなしみは被災地の人びとの心に重たく取りついて離れないのではないか。ツバサは、八幡野の町の人たちの苦労を思いやりつつも、平穏な日常が続くことのありがたみを感じずにはいられなかった。

ツバサは港の前でひととき足を止めた後、浜の方まではおりず、海女小屋の近くの平らな地面に腰を下ろした。台風が大気の塵《ちり》をも運びさったように、空はすっきりと晴れわたっている。ひとり大海原に浮かぶ伊豆大島を眺めていると、まもなくアツコが顔を見せた。意外にもベガを連れてお らず、アツコは少し息をきらしていた。今日は白いTシャツと赤いショートパンツ姿である。

「ツーちゃん、ごめんごめん！　遊歩道が通れなくなってたの。大きな木が倒れてたり、枝や落ち葉が散乱しててね。ベガを連れて家に引き返して、表の通りを回ってきたから遅くなっちゃった。しばらくはあの道、使えないいんじゃないかな」

「えー、大変だったんですね。アツコさん、汗びっしょり。大丈夫ですか？」

「平気、平気。私、マラソン得意だから。そうそうツーちゃん、宿題終わった？」

「はい、ぜんぶ終わりました」

「すごーい、じゃあこれから自由研究にかかれるんだ。海女のお話を聞かせてもらいたいけど、その前に、この間ツーちゃんに話し忘れたことがあってね。それからまず、お話しするわね」

そう言ってアッコは、ハンドタオルで額の汗をふきながら、ツバサを促して二人で腰を下ろした。

「私がどうして海女の話に興味をもったかって言うとね、大学に行って環境問題を勉強する学部に進学しようと思っているの」

「カンキョウ…ガクブ……ですか？」

ツバサにとっては耳慣れない、大学の具体的な学部のこと。身近に感じはじめていたアッコが、いきなり大人びて、まぶしい存在に変わった。

「ここに写真を撮りに来ているのも、半分は趣味だけど、半分は自分の決意をはっきりさせるためなの。八幡野の美しい海、心安らぐこの風景を守るために、自分は大学に進んで勉強するんだぞって」

「…………」

「それで私はね、大学を卒業したら伊東に帰り、市会議員になって、いつかは市長になることが夢なんだ。あ、誤解があるといけないんだけど、正しく言えば市長っていうのは、あくまで私の中のシンボルよ。市長っていうのは、その町をいちばん愛して、そこで暮らす人を一番大事にしている存在でしょ。私もそうなって、この伊東をもっともっと魅力ある町にしていくこと。豊かな自然環境をいかした、みんなが住みやすい町にするために、私ができることをやっていきたいなって思っているの。高校生の私が、会ったばかりのツーちゃんにこんな生意気なこと言って、おかしいでしょ」

「いえ、おかしいだなんて。すごいことだと思います。アツコさんは、いつからその目標を持ちはじめたんですか？」

さほど年齢が違わないアツコが、自分とはかけはなれた世界を見ている。ツバサはとてつもない隔《へだ》たりを感じながら、目に憧《あこが》れの色を浮かべた。

「目標なんて大げさだけど、はっきり意識しはじめたのはこの一年くらいかな。先生が、思わなければ夢はかなわない。一度しかない人生、大きな夢を持ちなさいっていうのが口癖《くちぐせ》でね。もちろん市長の仕事内容とかは、よく知らないわ。それに、市長になるために、どんな壁があって、何をすれば近づけるのか。そんなことも考えないで、とりあえず口に出してるの。でも不思議なもので、ときどき絶対になってやるぞっていう気持ちになることがあって、勉強のやる気がわいてくるのよ」

「そうかあ、大きな夢を持ったら、やる気がわいてくる。私は今まで、そんなことを意識したことありませんでした」

「ツーちゃんは将来、何になりたいの？」

「えっ、私ですか……」

問われてツバサは口ごもった。やや考えて、このごろ浮かんできている別の想いはさておき、以前までの漠然《ばくぜん》とした夢を話した。

「私は美術の先生になりたいなって思っています。絵を書くのが大好きだから、部活も美術部です。

それに、アツコさんと一緒で、私もこの町が好きだから。大人になっても、八幡野で暮らせたらいいなあって思ってるんです。だったら先生がいちばんいいかなって」

「ツーちゃん、絵が好きなんだ！　だったらいつか、この景色を描いて欲しいな。そうしたら私、大学へ行って一人暮らしをする部屋に貼っておくわ。毎日、ツーちゃんの描いた絵を眺めていられたら、今こうやって話してることなんかも思い出して、楽しそうじゃない」

「本当ですか？　私、がんばって描きますよ」

「じゃあ、まずは自由研究を完成させてね！」

「はい！　宿題もやっと終わったから、これから自由研究に集中できます」

ツバサは明るく答えながら、ふと浮かんだ疑問を口にした。

「アツコさんはどうしてカンキョーのガクブに進もうと思ったんですか？」

ツバサは、昨日見た特別番組ともつながりがあるのだろうかと思い、たずねたのだった。問われたアツコは視線を遠くの空に移し、ややあって語りだした。

「きっかけは、この町に住んでた高校の先輩《せんぱい》なの。マサルさんってみんな呼んでたけど、ツーちゃんも知ってるかな？」

「下町の岡野さんですね。お父さんがイサムさんっていう漁師で、船に乗せてもらって釣りをしたことがあります。マサルさんは、私のずっと上だけど、大学入試の前に下見に来たって横浜の家に寄ってくれました。あいつはすごく頭がいいんだって、お父さんよく言ってます」

なるほど、賢そうに見えたアツコだったが、マサルの後輩というのなら、地域でいちばんの進学校に通っているということだ。ツバサの目指す学校でもあった。

「少し長くなるけど、ツーちゃん、話を聞いてくれる？」

再び顔を向けたアツコに、ツバサはもちろんですと強くうなずいた。ただ台風一過《いっか》の晴天はまぶしく、麦わら帽子をかぶっているアツコも、鼻に汗の玉を光らせている。遠くに浮かぶ雲は、太陽への接近を拒むように等距離をたもち、陽がかくれる気配はない。ツバサは港の崖上を指さして、場所を移ろうと提案した。そこは一本松と呼ばれる景勝地《けいしょうち》で、崖っぷちには何本かの松の木が海に向かって枝を伸ばしている。松の木陰なら日も遮《さえぎ》られ、ゆっくり話ができるだろう。二人は腰を上げ、港の脇から続く細い車道を、並んで歩きながら話を続けた。

「私は、学校でパソコンクラブに入ってて、部長だったマサルさんの二年後輩だったの。十五人くらいの部だったんだけど、先輩は五人しかいなかったのよ」

「えー、パソコンクラブって人気ありそうなのに」

「うん、創部した頃は結構《けっこう》いたらしいんだけど、次々と辞《や》めていったんだって。いつまで経ってもパソコンを触《さわ》れないのが理由で。私が一年で入った時には、三年生が三人、二年生も二人だけだったわ。私たちが入らなかったら、消えていく運命だったかもしれないわね」

「それは、どうしてですか？」

「顧問の先生の方針に、ついて行けなかったみたい。パソコンクラブの活動目標は、静岡県の、学校ホームページコンクールで入賞することなの。三校まで入賞できるんだけどね。歴史が浅い大会の割には、どの学校も充実したホームページを競ってるわ。特に私立高校は、生徒募集にも影響するでしょ。だから力が入ってるんだ。ツーちゃん、ウチの学校のホームページ、見たことある？」

「はい、今年の一学期に学校で見ました！　ずいぶん凝《こ》ってるなぁって、友達と盛り上がりました」

「マサルさんが必死に手がけて、あそこまでになったのよ。ウチの学校、創部三年目で入賞したから、快挙だってすごく活気づいたんだ」

「そうだったんですか。静岡県は広くて学校もたくさんあるから、伊東の学校が入賞なんてすごいですね」

ツバサは丸い目をくりくりさせた。

「だいたい学校が地味だから、それまでのホームページがつまらなくても仕方ないわよね。それに伊東の中学生は、スポーツでも勉強でも、飛び抜けた子は沼津や静岡へ出て行っちゃう人が多いでしょ。だから部活の大会でも、上位に上がるのは楽じゃないのよね」

「私たちの学年にも、野球とサッカーのすごくうまい子がいて、二人とも静岡に行くんだろうって噂《うわさ》です」

「そうでしょ！　ここの子たちってみんなそうなるのよ。で、パソコンに触れなかった話に戻すとね、先生は今のままの学校じゃあ、たいしたホームページは作れない。まずは、学校を変えることからはじめようって。先生は部員たちに、学校の魅力を高める活動計画を立てるように命じたの」

「学校の魅力ですか？　自由研究なんかより、ずっと大変そうですね。それでマサルさんは、その計画を進めたんですか」

「そうなの。先生は最初に、二つの方針を出されたのね。一つは伊東は観光都市だから、観光客にアピールできることをしよう。もう一つは、老人の多い町だから、文化活動に取り組んでいこうって。私が入ってからは、そこに小学生たちの安全支援が加わって、三つの柱になったんだけど。でも部員たちは、そんなことよりパソコンを覚えたいって不満ばかり。結局、ひとり減り、ふたり減りしていったらしいのよ」

そこまで話したところで、二人は崖上の一本松にたどり着いた。中央はアスファルトが敷かれた、二十台ほど収容できる駐車場が開けている。秋から春の釣りシーズンには、深夜でも数台の車が止まり、釣り人が夜明けを待つ。だがこの日は、一台の軽トラックが止まっているばかりで、人影は見あたらなかった。アツコが駐車場脇の自動販売機で、冷たいお茶のペットボトルを二本買い、二人は伊豆大島を正面に望む太い松の根もとに腰を下ろした。

「ここはいちだんと景色がいいわね！」

アツコは大海原を左から右にゆっくりと見わたし、感嘆《かんたん》の声をあげた。眼下にはかがやく海が広がり、水平線の果てからもくもくと立ち上がる入道雲が、抜けるような青空に存在感を示している。正面の伊豆大島、さらに南の利島《としま》、新島《にいじま》などの島影も、くっきりと輪郭《りんかく》を描いていた。台風による返しの波が残っており、小船の影はないが、遠くに大型船が三隻《せき》ほど浮かんでいる。二人はペットボトルの栓《せん》を空け、ごくごくと喉《のど》を潤《うるお》した。台風の忘れ物だろうか、一陣《いちじん》のしめった風がすうっと頬をなでていく。ツバサは、小さくため息をつくアッコに微笑みかえした。一本松から続く崖上の森では、無数のクマゼミとアブラゼミが鳴き盛っている。

アッコは海に視線を戻しながら「大きい津波はここまで来るのかしら?」と、一人ごとのように呟《つぶや》いた。ツバサは船頭が一本松なら大丈夫だろうと言っていた話を伝え、台風の痕跡《こんせき》が残る東ノ浜の方をちらと見た。「とても信じられないよね」と言葉を重ねるアッコの胸中に、自然が併《あわ》せ持つ深い安寧《あんねい》と、むごい残虐《ざんぎゃく》さが去来《きょらい》していることを感じ取った。こうして心に安らぎを与えてくれる美しい海が、たちまち人びとを奈落《ならく》に陥れる凶暴《きょうぼう》な猛獣に豹変《ひょうへん》してしまう。その隔たりに愕然《がくぜん》としつつ、人はただただ畏《おそ》れながらひれ伏すしかないのだろうか。二人はしばし、抗《あらが》いようのない海の力に思いを及ぼしたが、ツバサが頃合いを見て切りだした。

「さっきのお話なんですが、部員が減っていってマサルさん、さびしかったでしょうね。それでも、三人が残って続けたってことですか?」

ひととき海に心を奪われていたアッコが、いつものきりっとした表情を取りもどした。

「そうなの、残った三人の三年生と二人の二年生の活動は、しっかり行われていたわ。それで私たちが入ってすぐに取り組んだのは、駅前や国道沿いに花を植えることだったの」

「花を……、ですか?」

「そう、前の年から校庭の隅っこでマサルさんたち先輩が、パンジーやビオラの苗をたくさん育てていたの。地元の農家の人たちも応援してくれて、何千本もの苗ができてたわ。私たち一年生は十人以上いたから、みんなで手分けして植えていって。それが終わったら、こんどは海岸の清掃活動よ。夏になると、伊東や宇佐美の海岸に、毎日たくさんの海水浴客が来るでしょ。その前にできることをやろうって、町のおばさんたちと一緒に海岸のゴミをひろい集めたの」

「雨の日なんかもですか？」

「ううん。そういう時は、部室でいろいろな学校や会社のホームページを研究していたわ。五台のパソコンがあったから、三人ずつくらいでグループ作って。ただマサルさんは、個人部門でもエントリーしていたから、その制作にも取り掛かってたんだ」

「個人部門もあるんだぁ。マサルさんは何をテーマにしたんですか？」

「すぐそこにある、青木丸っていう釣り宿のホームページを作ったのよ」

アツコは、ついさっき上ってきた道の方に体を捩《ねじ》って指を差した。

「青木丸は、よく前を通っているから知っています。釣り宿のホームページなんて、楽しそうなテーマですね」

ツバサは、自分だったら何を表紙に持ってくるだろうか。中のページにどんなことを入れるだろうかと、内容を想像してみる。

「マサルさんは、それで優勝したのよ！　表彰式で教育長が、釣りをしたことはないけど、この美しい海に出て、ぜひとも自分で魚を釣ってみたい。釣りの仮想体験はもとより、ここに紹介されている料理メニューもユニークで、実に美味《おい》しそうである。そうやって見る人の心をわくわくさせる、素晴らしい作品だって絶賛されたの。アップされている写真も、どれもすごく素敵で！　私が写真に興味を持ったのも、その影響かもしれないわ」

アツコは、表彰式の感激を思い出したのか、懐かしいものを追う目つきになった。

「青木丸のホームページですね。こんど、私も見てみます！」

「うん、ぜひぜひ。最後はそうやって大きな成果につながったんだけど、そこに行き着くまで、マサルさんはとくにつらい思いをされたんだ。同級生たちは協力してくれなかったし、清掃活動なんかが評判になると、自分だけいい格好するなって逆に非難されて。ある時なんか、校舎の裏で何人かに囲まれて、ひどいこと言われたらしいわよ」

「そんなの許せない！　いいことやっているのに。でも、マサルさんって偉いですね。嫌がらせをはね返して、がんばり通したんですね」

同級生に背《そむ》かれながらも立ち向かったというマサルの話に、ツバサはエッちゃんの姿を重ね合わせた。エッちゃんも娘を失った悲しい過去を背負い、孤独な海に潜り続けている。ツバサの気持ちに、ひとの勇気というものが差し込んできた。

「そうやって苦労も多かったクラブ活動だったけど、もうひとつ私たちが入学する前の秋、つまりマサルさんが二年生の時にブラスバンド部が全国大会で入賞したの。そのことが、大きく流れを変えてくれたんだって」

「ブラスバンド部のこと、伊豆新聞に大きく出ていましたよね！　私も読みました」

「部員の中には初心者も何人かいたらしいの。それで私たちが入学したらすぐ密着取材をはじめて、練習風景やインタビューをまとめたら、先生や他の生徒たちにも好評でね。私も部員の話を聞いていて、涙が出ちゃうこともあったわ。やればできるんだって。だから私、大学に行ったらサークルに入って、サックスをはじめようと思っているんだ」

「かっこいい、アッコさん！　帰ってきた時には私にも聴かせてくださいね」

ツバサが胸の前で手を合わせると「うん、だけどまず入るのが先よね。しっかり勉強しなきゃ！」

と、アッコはツバサに小さく拳《こぶし》を握ってみせた。

「ブラスバンド部は、文化活動にも積極的に取り組んでくれたの。子どもたちに、親しみやすい音楽のコンサートを開いたり、老人福祉施設を訪問して歓迎されたりしてね。そんな活動の記録が、どんどんホームページを充実させていったのよ。子どもたちの安全支援も、その時の交流から生まれたことだわ。それで、美化、文化、防犯の頭文字をとって、私たち3B活動って呼んでいたんだ」

「三B活動ですか。どれも人に喜ばれることだから、やりがいがありそうですね。そうか！　じゃあアッコさんのカンキョーは、３B活動がスタートだったんですね？」

「うん、それもあったけど、マサルさんが卒業していく時、部員たちに言ったの。伊東の海をいつまでも守っていきたい。それだけじゃなく、積極的に人間が手をかけて、もっと海の資源を豊かにしていかなければならないって。マサルさんは栽培漁業を勉強するために、東京の海洋大学に進学したのよ」

「サイバイギョギョウ、って養殖のことですか？」

ツバサの脳裏に特別番組の映像が浮かんだ。

「うん、養殖もそうなんだろうけどマサルさんの関心はちょっと違っててね。土地の環境に合った魚や貝の子どもを放流して、育ててから収穫をする漁業を研究したいんだって。日本の各地でいろいろな取り組みがされているらしいわ。マサルさん、将来は伊東に戻って、水産業の発展に力を尽くしたいって考えてるの」

「そうだったんですか。そうやってこの海のことを想っている先輩が身近にいるのは頼もしいし、誇りに思います」

人間が手をかけて蘇《よみがえ》る生命もある、ツバサは船頭が言っていたことを思い出した。一方で、人間が手を加えて育む生命を、マサルは研究するという。失われてはしたたかに蘇生《そせい》し、かと思えば人の庇護《ひご》を受けながら、豊かな恵を授けてくれる。ツバサは海の持つ強靭《きょうじん》でしなやかな生命力に、快い衝撃を受けた。だがツバサは、自分の気持ちをうまく言葉で表現できない。どう言おうかわずかに首をかしげ、アツコを見やった。アツコはそれまで饒舌《じょうぜつ》だった口を閉ざし、ひとり遠くに目を向けている。ツバサは、ふと感じたままを言葉にした。

「アツコさんは、マサルさんのこと……」

アツコは、心の中を不意にのぞかれたような狼狽《ろうばい》を覚えた。

「ううん、私が一方的に憧《あこが》れていただけなの。マサルさんは、副部長だった同級生のヨーコさんと仲が良かったし。私、マサルさんがホームページを作っている現場を見に、いつもここに来てみたいって思っていたわ。だけど、ばったり出会ったりしたら恥ずかしいでしょ。なんだか、追っかけまわしているみたいで。マサルさんが卒業した去年から、やっと来られるようになったんだ」

ツバサはアツコの健気《けなげ》な心にふれ、自分よりずいぶん大人だと思っていた彼女のことを、ぐっと身近に感じた。友達気分で気軽に、アツコさん、がんばれ！　と応援したくなる。ともに、尊敬すべき対象が胸のなかにあることを、純粋にうらやましく思った。思いこそかなっていないのかもしれない。だが、心の中に憧れる異性の姿を描くことができるのは、きっと幸福なことなのだろう。

ツバサには、まだそうした体験はないが、いつか自分にも訪れる時があるのだろうか。それぞれの感慨《かんがい》にふける再びの沈黙を破ったのは、アツコだった。

「ツーちゃん、それエツさんのお話をまとめたものかしら？」

アツコは、ツバサが手にしているノートを指差した。ツバサはアツコに見てもらうために、ノートを持ってきていたが、話に夢中になってすっかり忘れていた。

「あ、そうです！　わかりやすいようにまとめ直してきました。アツコさん、読んでもらえますか？」

ツバサは、汗ばんだノートをアツコに手渡した。

「ありがとう。じゃ、ちょっと見せてね」

アッコはノートを受け取ると、すぐにページをめくりはじめた。ツバサは、海を眺めながら、さっきまでアッコに聞かされていた話を、頭の中で反芻《はんすう》した。ツバサは胸の中で、マサルやアッコが打ち込んできたパソコンクラブの話に、小さな感動を覚えていた。同時に、自分という存在を、少しでも近づけてみたい。他愛ない背伸びなのかもしれないが、そんな思いが差しこみはじめている。ツバサは、アッコが読み終わったら、自分の頭に兆《きざ》した考えを話してみようと思った。しばらくすると、アッコの手が止まった。

「ツーちゃん、期待していた以上に面白いわ！　これだけでも立派な自由研究になるよ。あとは、ツーちゃんの考えたことを盛り込んでまとめにすれば、いい作品ができるんじゃないかな」

「ありがとうございます。でも私、さっきアッコさんのお話を聞いていて、自由研究のテーマに、カンキョー問題のことを少し調べて入れてみたくなったんです。昨日見た、テレビの特別番組でも海のことをやってて、すごく興味を持ちました」

そう言って、ツバサは昨日のテレビ番組をかいつまんで話した。アッコは見ておらず、東京の小学校で使っていた教科書にも載っていなかったと言う。『森は海の恋人』運動についての知識もなかったが、アッコはツバサの思いを受け止めて直ちに賛同してくれた。

「海女漁の話だけで終わらせないで、もっと掘り下げていくっていうことね。ツーちゃん、それって名案よ。でも、環境問題っていっても範囲は広いけど、どんな角度から扱っていくのかな？」

「まだ、そこまでは考えていません。だけど、アッコさんのさっきのお話を聞いていて、自分でもちゃんと調べてみたくなったんです」

「ツーちゃんの考えは、絶対に正しいと思う。そのうえで、ツーちゃんが感じたままを、素直に表すこと。さらに自分としてどうしていきたいかっていう、意思をはっきり示すこと。この二つが、大切だと思うな」

「私の感じたことと意思、ですね」

「そう。夏休みの残りは半分くらいだから、調べられることは限られているでしょ。それに、調べた内容をそのまま書くのなら、誰がやっても同じことだから。資料はあくまで、エツさんや船頭さんのお話を裏づけて、発展させる材料として使うのよ。最後にツーちゃんの決意をどうまとめるのか、ここが肝心《かんじん》じゃないかな」

「私の決意かア、うーん……」

ツバサは空に目をやり、少し考える仕草をした。

「ツーちゃんならきっと大丈夫。気持ちがしっかりしてるし。また思い出話になるけど、言うだけなら誰だってできる。問題なのは行動することだって、マサルさんもよく口にしてたわ。調べた結果をツーちゃんが、これからの生き方にどう反映させようと考えているのか。その部分がいちばん、人の心に響くところなんだから」

「そうですよね。エツさんのことばかりが頭にあって、自分の思いとか、あまり考えていませんでした。なんだか、胸がすっきりしたような気がします！」

アッコと話しているうちに、環境問題の研究は、自分の題材に最もふさわしいような気がしてきた。自由研究の足ぶみをしていたこの局面で、またとない進展につながる手がかりを得られたのかもしれない。ツバサなりに細い道筋が見えてきたように思えた。ツバサが頭の中で思考を巡らせている気配を察したアッコは、しばし間をおいて問いかけた。

「ねえ、ツーちゃん。お嬢さんを事故で亡くされて、つらい思いをしたエツさんが、それでも長年きびしい漁を続けてこられたのはどうしてだろう？」

とつぜん問われて言葉が見つからず、ツバサは口ごもった。

「えっ、なんでだろう。お父さんは、旦那《だんな》さんが励ましたって言ってたけど……」

「もちろん、ご主人や周りの人が、一生懸命支えてこられたと思うわ。でも、それだけじゃないような気がするの。ツーちゃんだって、つらいことがあった時に、人から慰《なぐさ》めてもらったら嬉しいだろうけど、でもすぐに立ち直れたりしないでしょ」

「私はそんなに落ち込んだことってないけど、テストで悪い点取ったときとか、お母さん、次にがんばればいいよって言ってくれます。でも、確かにそれだけで気持ちが変わったりはしないかな」

ツバサは、テストで失敗したときの自分の心境を思い返すが、母親の慰めは必ずしも奮起には結びつかない。かえって煩《わずら》わしささえ覚え、放っておいてほしくなる。

「でしょ。やっぱり自分の内面から奮《ふる》い立たせることが、いちばん大事なのよね。それをエツさんは自分で求めて、持ち続けている。そこが、エツさんの強さだと思うの」

「エツさんを支えたもの、エツさんの強さ……。エツさんから聞いた話をまとめていく時に、そういうことも考えてみるといいんですね」

アツコは小さくうなずいた。

「そうだ、ツーちゃん！　もちろん私が手伝ったりしてはいけないけど、よかったら参考になる本を貸してあげようか。いろいろあるから、こんど持ってきてあげる。その中から、ツーちゃんが気に入ったものを選んだらいいわ。ツーちゃんにとって、いちばん身近な海の環境問題とうまく結びつけられたら、中身の濃い自由研究にきっとなるはずよ！」

「どこまでできるかはわかりませんが、精いっぱいがんばります。参考になる本、貸してもらえますか？」

「うん、こんど持って来るね。私も、ツーちゃんの研究、楽しみにしているわ」

「明日は部活だから来られないかもしれないけど、あさってからはたっぷり時間があります。またメールさせてください！」

二人は、ぱたぱたとショートパンツの尻をはたき、枯葉と砂を落としながら立ち上がった。汗のにおいに寄ってくる蚊はうっとうしかったが、爽快《そうかい》な景色の中、自由研究の展望がひらけたことで、ツバサは気持ちが軽くなっていた。肩を並べて上町へ続く道を歩きながら、青木丸の前を通る時は、思わず顔を見合わせた。東町への分岐点まで来て、ツバサはあそこが自分のうちだと指を指したとき、その視界に一人の若い男の姿が飛び込んできた。つい今しがたまで話題にしていたマサルだった。

思わず足を止めた二人に、マサルはにこにこしながら近づいてきた。ツバサがアツコを見やると、耳まで真っ赤に染めて下を向いていている。ツバサは、アツコの純情に触れて、気持ちが温かくなった。「やぁ」と軽く手を挙げて笑いかけたマサルは、交互に顔を見ながら「アッコ、久しぶり。なんだ、君たち知り合いだったの？」と、驚いた目つきをした。ツバサはおよそ三年半ぶりの再会だったが、大学生になったマサルはぐっと大人びて映る。青いストライプの入った白いシャツをまくってのぞかせている腕も、うっすら日焼けしてたくましく見えた。

「前からじゃなくて、つい最近知り合ったんです。いつも弟さんと楽しそうに遊んでるツーちゃんに、私の方から声をかけて。マサルさん、帰ってたんですね」

「うん、ちょうど大学が夏休みでね。これから少し遠くに行くんで、荷物を取りに帰ってきたところさ」

遠くにという言葉にマサルはぐっと力を込めた。アツコは、へえという顔をしてマサルに問いかけた。

「遠くって、ってどちらに行かれるんですか？」

「うん、大学の先生の呼びかけで、クラスの仲間と五人であさってから東北に行くんだ」

「えっ、そうなんですか。どれくらいの期間……ですか？」

アツコは、びっくりしたような顔つきをした。

「今回は三週間ぐらいさ。現地はいろんなボランティアの人たちが行ってるらしくて、宿泊先を探すのが大変だったけど。先週やっと先生がテントの手配をつけられてね」

ツバサは、ときどきテレビニュースで見る避難所の様子を映《うつ》した映像を思い浮かべた。大勢の人が暮らす仮の住まいは、猛烈な暑さだと聞いているが、その一角にあるテントなのだろうか。同じようにきびしい環境に違いないと、マサルが向き合うであろう苦労を思いやった。アツコも心配そうに言葉を返す。

「私はテレビのニュースでしか知らないけれど、大変でしょうね……」

気をつけてくださいという言葉をアツコは呑《の》みこんだ。現地の人たちのことを思えば、気安く使える表現ではないし、マサルの想いの中にも自らの身を案じる気持ちなどないだろう。

「行ってみないと判らないけど、みんな覚悟はしてるさ。それに自衛隊の人たちが不眠不休で撤去作業をされているし、地元の人たちも必死に取り組んでる。僕たちがどれだけ役に立つかわからないけれど、とにかくできる限りの応援をしてくるよ」

ツバサは、今も計り知れない苦悩を抱える人たちに対して、自分がどのように向き合えばいいのか、見当もつかなかったのだが、マサルはこれから出かけるのだという。ツバサは、自分なりの願いをマサルに託すような気持ちになり「東北のどこに行かれるんですか?」とたずねた。

「先生が話してくれたのは、気仙沼っていうところにあるNPO団体のことでね。カキ養殖の復旧をするための手を必要としているみたいなんだ」

マサルの返事に、アッコとツバサは思わず顔を見合わせた。

「ついさっき、昨日のテレビでやっていた気仙沼の特集番組のことを、ツーちゃんから聞いたところです」

アッコはそう言うと、ツバサに目を向けた。ツバサは、うなずきながら「少しずつ復旧しているって言ってましたけど、まだまだなんでしょうか？」とたずねた。

「ああ、あの番組見たんだ。僕も見たけど、戻ったと言っても実際にはごく一部のことだと思うよ。気仙沼ではほとんどの船が被害を受けて、水産関係の施設は壊滅的だって聞いてるから。でも、前に進んでいかなければならないわけだし、まずは今回のことをきっかけにして、僕たちは継続的にお手伝いしていきたいと思ってるんだ」

そう言うとマサルは、神妙な顔つきで佇《たたず》む二人の気持ちを察したように、力強い口調で「じゃあな、またメールするから。アッコ、アドレス変わってないよな」と、アッコに言ってその場所を後にした。アッコとツバサは、思いがけず出会ったマサルの後ろ姿を追いながら、「じゃあ、こんど本持ってくるね」「お願いします」と口の中で言い交わして別れた。

九

翌日、ツバサは部活で学校に出かけた。昨日の台風はどうだったとか、夏休み前半に何をしていたかなど、久しぶりに会う部員たちの話題は尽《つ》きない。二十人ほどの部員は、いつもの通りいくつかの仲良しグループを作って分かれていく。教室より少し広い美術室のそこここで喧《けたたま》しい談笑《だんしょう》が始まり、ただでさえ暑い部室が、たちまち熱気に包まれた。ツバサも、仲のよい三人の友達と一つの輪の中にいたが、今日はいつものように自然に話題に入っていけない気分である。なぜだかわからないが、仲間の部員たちにちょっとした距離のようなものを感じていた。

「ねえツーちゃん、おとといのテレビ見た？」

いちばん仲のいいフウカが、テレビの話題を持ち出した。

「えっ、気仙沼のあの番組？　フウカも見たの」

ツバサはフウカも同じ番組を見たのかと思い、思わずとんちんかんな返事をした。

「えー、それなんのこと。違うよ、いつものクイズ番組だよ」

それはツバサも好きなタレントが出る視聴者参加番組で、毎週ほとんど欠かさず見ている。ちょうど今週は台風が来た日に放映されていたのだが、ツバサは気仙沼の特別番組を見ていたのだ。

「そうか、おとといは水曜日だったね。今週、私は見なかったの。面白かった？」

ツバサは、とまどった笑みを浮かべて答えた。

「なんだツーちゃん、見なかったんだ。あんな台風の日に、どっか行ってたの？」

こんどは別の友達がたずねかける。

「もちろんずっと家にいたよ。ウチはあの日、別の番組を見てて、テレビ見た後は宿題やってたんだ」

「そうなんだ、だいぶ終わった？」

三人が意外な返事を聞かされたという顔つきをして、ツバサの方を見やった。

「うん、だいたい終わったよ。あとは自由研究だけ」

「えー、ツーちゃん、もう宿題終わったの！」

三人は、驚嘆《きょうたん》とも羨望《せんぼう》ともつかない声をあげた。近くの別グループの部員たちが話を止め、こちらを見ている。以前のツバサだったら、少しは得意げになったかもしれない。だが、この日のツバサはそんな気にはなれず、照れくさそうに言葉をさがした。

「夏休みの後半に用事があるの。だから、今年は早く終わらせないといけないんだ」

ツバサは顔を上げ、まわりにも聞こえるように言った。

「ねえ、私に写させて！」

という一人の言葉に「私のなんか見たら、間違いだらけだよ。すぐに先生にバレて叱《しか》られちゃうから、自分でやった方がいいよ」と、冗談交じりの言い方で返し、別の話題を求めた。

部活を終えて、帰り道でフウカがいぶかしげに聞いてきた。

「今日のツーちゃん、いつもと違うみたい。何かあったの？」

「そうかな？　ぜんぜん、何もないよ。ただちょっと……」

問われても、ツバサにはどう答えてよいかわからない。ツバサにも自分の胸のうちが正確に読めなかった。

「みんなが話していたことに、なんか乗っていけなくって。自由研究のことが、頭にあるのかもしれないかな。後半に用事があるって言ったでしょ。あれ、自由研究をちゃんと終わらせられるかな、ってことがずっと気になってるの」

「ふーん」と、さらに不審そうな目を向けるフウカと歩きながら、ツバサはふと思いついた。ここ数日、エッちゃんや船頭、キヨシと父親のテツなど、大人たちと話したことが、原因になっているのかもしれない。さらに、アツコとマサルの話は、ツバサの今の心境に決定的な影響を与えているのだった。誰もが、それぞれの事情や課題を抱えながら、自分を取り巻く世界に目を配り、差し迫る壁を乗り越えながら、たくましく人生を生き抜いている。ツバサにとって身近な海のまわりだけでも、自分にはうかがい知れない深遠《しんえん》な物語が、いくつも紡《つむ》がれていたのである。さらに気仙沼の漁師の話は、人間の尊さのようなものをツバサの心に刻み込んだ。

ここ数日ほどで見聞きした話に照らし、自分たちの生きている世界が頼りなく、その話題や行為がひどく子どもじみたものに映ったのかもしれなかった。ツバサは、決してそれを見下したというのではない。ただただ小さく、狭いものに思えたのである。もしかしたら大人になるというのは、この閉塞《へいそく》した空間の中から飛び出していくことなのだろうか。だとすれば、大人になるのも悪くはない、ツバサはそんなことを感じていた。

だが、家に帰ってからは、いつも通りのツバサだった。

夕食の膳を前に「ヒデ、お肉取りすぎだよ。私のが無くなっちゃう」と、例によって取り合いが始まる。食卓の大皿にはツバサの好物、ソース焼きそばが盛られていた。新鮮なイカがたくさん手に入った時の、お決まり料理である。ツバサとヒデが、イカをさっと食べきると、続いて肉を掘り出すのがいつものこと。手を伸ばして、せっせと肉を拾っているヒデにテツも注文をつけた。

「そうだよ、ヒデ。お前がイカと肉をさらってまうから、いつも父さんは麺《めん》しか残ってないだよ」

「あんたは本当にエンリョってことを知らないんだから」

テツの参戦にツバサが勢いづいたところで、ミナコが台所から小鉢《こばち》を運んできた。

「はいはい、喧嘩《けんか》しないで。お父さんはこっちでしょ」

と言って卓の上に置いたガラスの小鉢では、うっすら白く色づいたイカが、敷かれた大葉《おおば》の上で湯気を立てている。ぶつ切りにしたイカに、熱い湯をさっと回しかけただけの手軽な一品だが、半生《はんなま》の食感とともにイカの甘みがじわっと口に広がる。テツは生姜《しょうが》じょうゆで食するイカの湯引《ゆび》きには目がなかった。テツはたちまち満足げな顔に変わった。

「今の時期はスルメだけど、十月に入ったらこれがアオリになるんだからな。東京じゃ寿司屋の高級ネタになるのを焼きそばに入れて食えるんだから、まったくお前らは贅沢《ぜいたく》だよな」

「本当だよね。こんな新鮮なイカ、横浜にいた時なんか、食べられなかったよね。みんな、すっかり口が肥《こ》えちゃったんだから」

毎日の料理に精を出すミナコがそう言った時、祖母が「ツーちゃんは私の肉を食べたらいいさ。

何にしても、こうやって家族そろって一緒にご飯食べられるってのは、本当に幸せなことだじゃ」と、自分の皿から肉をとってツバサの皿に入れてくれた。祖母が、長年一人暮らしだった自分の身の上とともに、日常を断たれた被災地の人びとを思いやっていることは、誰もが感じ取っている。

食卓はひとときしんとなったが、テツがイカの山に箸《はし》を入れ、大事そうに口に運びながら問いかけた。

「ツバサは宿題が終わって、これからは自由研究に専念か？」

「うん、明日から集中してやるの。カンキョー問題のことも調べていくんだ。東ノ浜で知り合った高校生の人が、参考になる本を貸してくれることになってるの」

「高校生って、男の人？」

ミナコが、ふと心配げな色を顔に浮かべる。テツも、ビールのグラスを傾けていた手を止めた。

「やだぁ、お母さん。小川アツコさんっていう女の人よ。マサルさんが入ってたパソコンクラブの後輩なの。すごく優しくていい人よ。私とヒデが泳いでいるところをよく見ていて、仲がいいなって羨《うらや》ましかったんだって」

「俺と姉ちゃんが？　仲いいだって？　ウソだろ、いつも喧嘩してるのに」

「それはウチの中だからよ。外じゃ、そんなにヒデを怒ったりしないでしょ。これでも私だって、気をつかってるんだから」

いっとき沈んだ食卓に、にぎにぎしい会話が戻ってきた。

「マサルっていやあ、大学行ってどうしてるかな。高校三年の時に、青木丸のホームページ作って県で表彰されてなぁ。あのホームページができてから、青木丸もずいぶん客が増えたって、喜んでるだよ」

テツの言葉に、ツバサは昨日の再会を思い返した。

「マサルさんなら昨日会ったよ。こんどボランティアで東北へ復旧作業に行くんだって。出発は明日だったかな？」

「そうか、マサルに行き会ったのか。ボランティアなんて大したモンだなぁ。この前のテレビだけじゃ、あっちがどんな様子になってるかまでは判らないけど、人手はいくらあっても足りないだろうから、助けになるじゃないかな」

そう言うと、テツは感心したような顔をした。祖母とミナコも横でうなずいている。

「大学でサイバイギョギョウのことを研究しているらしいんだけど、大学の先生と研究室の仲間と行くんだって。お父さんたちの漁協も、サイバイギョギョウってやってるの？」

「してるっていやあ、してることになるのかな。この前、タイやアワビの子どもを放すって言っただろ。やっぱり今の時代、自然に任せるだけじゃあ、資源を保ち続けることは難しくなっているからな」

「でも、放した子どもが育ったら、たくさん採れるんでしょ」

「いや、アワビなんかは二万個くらい放流して、採れるのが百個から二百個。自然界はなかなか思った通りにはいかないだよ。そこが養殖とは違うとこだろうな。あのテレビでも養殖の漁師と、魚追っかけてる漁師とは別の人種だって言ってただらぁ。やっぱり効率と安定性が違うのさ、人が作る環境と自然界とじゃ。餌《えさ》なんかのバランスの問題もあるしな」

「えー自然の海だと、生き残るのはそんなに少ないんだ！　他のはどうなっちゃうの」

「まあ魚に食われるのが一番多いじゃないかな。それに、餌になる海草がなかったら生きていかれないし。だから、アワビを魚みたく網で囲って養殖で育てているところだってあるさ」

「だったら八幡野でもそうしたらいいんじゃないの？」

ツバサは気仙沼の海を映した映像を思い浮かべ、首をかしげて問いかけた。ヒデも横でうなずいている。テツは、苦笑いを浮かべて言った。

「そんなに簡単に切り替えられる話じゃないさ。それに最近じゃあ陸に大きなプールみたいなものを作ってな。海底から水を引き込んで魚や貝を育てているところもあるさ。まだアワビじゃ大規模に成功していないらしいけど、将来的にこのやり方は、どんどん広がっていくんじゃないかな。そんなやり方も、これからは考えていかなきゃならないだろうけど、そうなるとまた全体の相場も変わってきたりもする。漁協も、なかなか経営が大変なのさ」

「だったら、ここでも養殖をはじめたらいいんじゃないの。もっとたくさん採れるようになるんでしょ？」

「いずれ、そういうことも考える時が来るかもしれねぇやな。だけど、マサルが栽培漁業を研究したいっていうのも、きっと天然の海を活かした道を探りたいっていう気持ちが強いからだろう。やっぱり伸び伸び育った天然モノは理想だし、地域によっちゃあ養殖で海がひどく汚れたところもあるからな」

「どうして?」と、割り込んできたヒデに、テツはちらと目を向ける。

「広い自然界なら、微生物が分解してくれるんだけど、狭いところでたくさん飼ったりすると、餌の食べ残しや糞《ふん》が溜まる。熱帯魚の水槽《すいそう》なんか、ぶくぶくやって水を循環させてるだろ」

「友達のウチで見たことあるよ。フィルター換えるのが面倒くさいって言ってた」

「そうそう、あれと同じでな。いつも水をきれいにして酸素を補給していかないと、病気も発生するのさ。だから、治療や予防をするための薬を与えなければならない。そうなると、また別の問題が起きてくる。気仙沼のカキなんかは餌をやって育てる方法じゃないから事情は違うけど、資源をしっかり管理しておかないとそんなことも起きるのさ。日本だけじゃなくて、海外でもその悪循環で、とうとう養殖を続けられなくなったところだってあるっていうさ」

「難しいんだね、海のことって。ほっといたら資源が減っていくわけだし」

「そう、だから今の日本は規制も厳しくなって、進んだ技術も開発されてるのさ。安全なアワビを育てる陸上養殖の実験も、間違いなくこれからの希望の星の一つだよ。ただ、八幡野みたいなところはもう一つ厄介《やっかい》な問題があってな」

「えっ、どんなこと?」

テツは、グラスに残っていたビールを飲み干し、新しく注いだ。

「ツバサは蓄養所《ちくようじょ》、知ってるだろ」

「うん、港から水を引いてるところだよね。前に行ったことがある」

「俺も行ったことある。よその人がイセエビ買ってた」

「そう、そこだ。今日もずっと後始末《あとしまつ》をしてたんだけどな」

港の脇の小さな小屋で、イセエビやアワビが水槽に活《い》かされている光景を、ツバサは思い浮かべた。畜養所には、漁師や海女が採ってきた魚介類が活かされていて、観光客に直売をしたり市場の販売価格を調整する機能がある。アワビの取引は『入れ物とお金の喧嘩』という言われ方をするが、資金力がある業者は大きな水槽を持ち、時には億単位ものアワビを活かしておいて、市場の動向を見て出荷をするのだ。

「畜養所が台風の被害にあったの？」

「すっかり水かぶって、ポンプがいかれてまっただよ。これで三回目さ。こんどのはとくに被害が大きくてな、もう修理できないから当分使えないじゃないかな」

そう言うとテツは、ふっと一つため息をついた。テツは、八幡野漁協の再興策の一つとして畜養所の拡張を考えていた。積み立てている資金を活用して、この一、二年内に規模を大きくして直売する量を増やそうと考えていたのである。それだけに今回の被害は痛手が大きく、落胆も甚《はなは》だしかった。

「修理できなかったら、どうなるの？」

ツバサが心配そうな顔つきをした。

「今まではあの水槽があったから、細々と観光客に売ったり、相場に合わせて出荷するようにしてたのさ。これからは、採ったらすぐに出さなきゃならなくなる。そんなちょっとした被害でも痛手を受けるのが、八幡野みたいな資本が小さな漁協の泣きどころなんだよ。だから、どんなに進んだ技術が開発されても、予算がなくて簡単には導入できない難しさがあるだよ」

「そうなんだ……」

「それに、ここはやっぱり災害に弱い。お金がかかる設備を入れて、またでっかい台風や津波に壊されたらどうなる？」

「お金をかけた分、損害も大きいってことになるんじゃないかな」

「そう、常にその危険と背中合わせさ。逆に考えれば、それだけ激しい海で生き抜いているやつらだからこそ、価値もあるってことなんだよな。マサルが大学に行く時、しっかり勉強しますって漁協に挨拶《あいさつ》していったけど、あいつがいちばん先を見てるのかもしれねぇやな」

そう言ってテツはツバサの目を見ると、一気にビールのグラスをあおった。この日、テツがビールを飲むピッチは、いつも以上に早かった。

夕食を終えて部屋に戻ると、ツバサはアツコにメールを打った。

―今日、学校に行って宿題が終わった話をしたら、みんながびっくりしていました。でも、これで自由研究に集中できるって思うと、嬉しいです。アツコさんから本を借りて読むのが楽しみになってきました。でも、一つ悲しいことがあって、台風で漁協のポンプが壊れてしまったそうです。お父さんが、すごくがっかりしていました。自然の力って、本当にこわいんですね。明日、何時くらいに行ったらいいですか。浜に行って、待っています。

携帯電話を置いて、テツから聞かされた養殖の話を書き留めはじめたところでアツコから返信が来た。

—メールありがとう。宿題終わってみんながびっくりしてたんだって、よかったね。ツーちゃんの努力の成果よ。あれから自由研究の役に立ちそうな本を、五冊くらい選んでおきました。気に入ってくれる本があるといいな。明日、三時くらいに行きます。こんどはベガも連れて行くからね。お父さんのご苦労、胸が痛みます。でも、これまで乗り切ってこられているのだから、こんども大丈夫よ。ツーちゃんが、自由研究をがんばることが、いちばんの励ましだから！

十

翌日、ツバサが東ノ浜で海を眺めていると、ベガを連れたアツコがチュニックを風になびかせ、リュックを背負って顔を見せた。海は平穏さを回復したので、この日はダイバーも出て浜はいくぶんにぎわっている。ツバサは日差しが避けられるよう、海女小屋の陰を指差し、そこに腰を下ろした。ベガも水を飲んで、二人の脇に腹ばいの体勢をとる。アッコは、ベガを撫《な》でるツバサを横目に、リュックから本を取り出した。

「三十冊くらいある中から、ツーちゃんの参考になりそうな本を五冊持ってきたわ。もちろん気に入らなければ、また別の本を持ってくるから。それでも見つからなければ、図書館へ行くのもいいわね。その時は、探すのを手伝ってあげるよ」

「ありがとうございます。でも、私はよくわからないから、この中から選んでみます」

ツバサは胸を弾ませながら
──こんな本を三十冊も持っているアッコさんはすごい人だ……と、敬《うやま》う気持ちがわいてくる。

「そう、じゃあまずこれが、世界の環境問題のさきがけになった、レイチェルカーソンの『沈黙の春』っていう本。化学物質の問題や自然破壊の問題を取り上げた、歴史的な名著だって言われているわ。高校の教科書にこの本のことが載っていて、ちょっと興味を持ったの」

「レイチェル母さん、ですか？」

表紙の著者の文字に目をやったツバサは「しまった！」と思ったが遅かった。

「やだ、ツーちゃん！　母さんじゃなくてカーソンよ。でも、ツーちゃんの感覚は当たってるかも。もともとアメリカの海洋学者なんだけど、子どもを持つお母さんでもあって、母親としての視点があったからこそ、環境の問題に厳しい目を向けたとも言われているのよ。今から五十年も前に」

「そんな前から…。じゃあ、カンキョーのことを、最初に問題にしたのは女の人だったんですね」

「そうなの、それでこっちが有吉佐和子《ありよしさわこ》っていう作家の『複合汚染』。日本における環境問題を、初めてまとまった形で指摘した本なんだって。『沈黙の春』の十年くらい後に出版されたんだけど、やっぱり当時すごく話題になったそうよ。そう言えば、どちらも女の人ね」

二冊の本を手にしたツバサに、アッコは残りの三冊も簡単な言葉を添えて渡してくれた。ツバサは、何をどう選んでいいのか、さっぱり見当がつかない。とりあえず目次をぱらぱらとめくってみた。最後に『環境問題のウソ八百』という本と、『地産地消のすすめ』という本を手にして、どちらか迷ったが『地産地消のすすめ』を選んだ。

「どれもみんな興味深くて、迷いました。でも、他のはちょっと私には難しそうだったのと、この本のここが気になったんです」

そう言ってツバサが指差したのは、目次の中にある『養殖漁業がもたらした変化』という一文だった。アッコは小さくうなずいた。

「この本は、そんなに話題になったわけじゃないから、どうしようか迷ったわ。でも、私はすごく面白かったし、ツーちゃんが選んでくれるといいなとは思っていたの。きっと参考になるだろうから、ぜひ読んでみて」

「はい、しっかり勉強します！」

ツバサは両手で本を胸に抱き、力強く返事をした。

「ツーちゃんが最後に迷った『環境問題のウソ八百』の話を少しするとね、最新の研究が進んでいて、かつては問題とされていたことが、実はそうでなかったなんてことが書いてあるの。たとえば、いちじ話題になった環境ホルモンっていうのも、実は実態がわからないとか。猛毒だって騒がれたダイオキシンも、それほど人体に害があるわけじゃないって。放射性物質のことだって、専門家によってずいぶん見解が違うんだって先生が話してたわ。そんなこと聞かされると、世の中で言われていることと真実っていうのは、別なんだなって思えてくるの」

「そういえば、お父さんも磯焼けはいろいろな原因があるけど、本当のところは誰にもわからないだろうって言ってました」

「きっと、そうだと思うわ。真実がわからないことって多くて、もう『環境問題のウソのウソ』なんて本も出ているみたいだし」

「じゃあ、私が大学出る頃は『ウソのウソのウソのウソのウソのウソ』って、五つくらい重なっているかも」

二人は目を見合わせてふきだした。

「まったくだわ！　でも、そうやって新しい事実が解明されていくことが、進歩や発展につながっていくのよね。大事なのは、聞いた話をそのまま鵜呑《うの》みにしないで、自分の考えをしっかり持つことじゃないかな。先生もね、日本人はテレビとかで話題になると、すぐに影響されてぱあっと流されていく弱点があるって言ってたわ」

「あ、でもそれってわかります。私も、学校でみんなが話していると、遅れないようについていこうって思うし。その時に、何が流行になっているかっていうのは、けっこう気にしちゃいます」

「私だって同じだけど、ときどきなんか変だなって思う時があるの。たとえば、パンダとか、珍しい動物が死んだりすると、すぐにテレビで取り上げられたりするでしょ。でも、滅多《めった》に報道なんかされないんだけど、ベガみたいな捨て犬は、毎年二十万匹以上も捕まって殺されているのよ。猫だって、それ以上らしいわ」

「えー、二十万匹ですか！　ちょっと想像がつかないけど、すごい数ですね」

「こうやって話してる間にも、三分に一匹の犬が殺されている計算になるわ。飼えなくなったからって、モノみたいに捨てる風潮は絶対になくしていくべきよ。そういう問題を放置して、珍しい動物の死に大騒ぎをするのは、なんかヘンだと思うんだ。もっと、身近な動物や周囲の環境を守るっていう、生命の本質的な問題に目を向けていくべきじゃないかな」

「そうですよね、そんな話を聞くと、みんなが小さな命を大事にして欲しいって思います。やっぱりテレビの伝え方がよくないんですか？」

「私は、一方的な問題じゃないと思うの。それはそれで、一面の真理を伝えているわけだし。テレビの報道がきっかけで、立派な道に進む人だっているだろうから。それより、指摘された課題の背景や、見過ごされている事実なんかに注意を払って、自分なりの考えを持つことが大切なんじゃないかな。私は先生の言葉を、そう理解してるわ」

「私もアツコさんみたいに、いろいろ深く考えられるようになりたいです」

帰り道、アッコから「自由研究、がんばってね！」と声をかけられ、ツバサは借りた本を手にして家に戻った。その夜から、ツバサは二日間をかけて、じっくりと読みふけることになる。中学生のツバサでも理解できる平易な書き方をされていたので、十分に解釈できた。ツバサは、いかに日本の食べ物が海外に依存しているかという現状。また大規模農業や肉、魚の養殖など、人為的に大量生産された食品に頼っている事実に驚いた。『地産地消のすすめ』は、そうした時代の流れの中、日本各地で失われた生産力を回復しようと訴えつつ、さまざまな取り組みが紹介されている。ツバサは本を読みながら、間近に接しているテツの姿や、マサルのことを重ね合わせた。

三日後、本を読み終えたツバサは、自由研究の組み立てをまとめると、アッコに目を通してもらうことにした。東ノ浜で、自由研究の骨子を簡単に書き記した紙をアッコに見せながら、ツバサは説明をしていく。

「最初に、エツさんとチヨさんのことを紹介します。次に、海女漁のやり方を説明して、海の様子の変化へ続けていって。そのあとに、アッコさんから借りた本を参考にした、サイバイギョギョウの将来。最後に、私の決意をまとめて完成させようと思っています。どうでしょうか？」

「とってもいいと思うわ、ツーちゃん。面白い自由研究になると思うよ。でも、せっかくエツさんとチヨさんのことを書くんだから､鳥羽の海女漁の歴史なんかも､少し触れてみると面白いかも。私、この前ちょっとインターネットで調べてみたら、いろいろ載っていたわよ。現地には、海女漁の博物館もあるみたい」

「そんな施設があるんですか！　私もいつか、博物館に行ってみたいなあ」

「いいわね、もし私が大学に受かって、ツーちゃんも春休みに時間が取れたら、一緒に行こうか？」

「えーっ、嬉しいです！　今からお母さんに話をしておきます」

「じゃあ、二人の楽しみにしようね。あと、図書館に行くのもテだけど、ちょっと遠いし……」

市内でいちばん大きな中央図書館は、電車とバスを乗り継いで小一時間ほどの伊東市中心街にある。

「なかなか時間も取れないだろうから、インターネットで調べてみるのもアリだよね。ツーちゃんは、パソコン持ってる？」

「いいえ、家にはありません。だけど、夏休み中にあと三回は部活で学校に行くから、その時に調べてきます」

「だったら大丈夫ね。写真なんかもあると雰囲気出るんだけど……。そうだ、私のデジカメ貸してあげようか。海の中は撮《と》れないけど、気に入ったところがあったら撮影してみるといいわ。携帯のより綺麗に写ると思うよ。私があとで、プリントアウトしてあげるから」

「えー、いいんですか、アツコさん。私は嬉しいですけど……」

ツバサは、アツコから手渡されたカメラを大事そうに押しいただいた。最初にどこを撮ろうかなと、好きな場所や磯の風景をあれこれ思い浮かべる。使い方の説明を受けながら、出会ったばかりのツバサに、これほど親切にしてくれるアツコのことを、ますます敬慕《けいぼ》する気持ちが深まっていった。

夏休みの残り十日あまり、ツバサは自由研究に没頭する日々となった。部屋にこもり、プリントアウトした資料や、書き進めた紙に埋もれて格闘するツバサの様子を、ヒデがときどきのぞきに来る。だが、ツバサの真剣な顔つきに、声をかけるのをためらうことが多かった。さすがに無視ばかりするのも哀れに思い、ヒデに「こんど、海に一緒に写真を撮りに行こうか」と言うことはあったが、ツバサがすぐに腰を上げることはなかった。おやつを持ってくる母親のミナコも、ツバサがこれほど一つことに打ち込む姿は、かつて見たことがない。

—浜で出会ったという高校生の女の子の影響なのかしら。だとすれば、一度会って、お礼ぐらい言いたいわ……。ミナコもそんな気持ちになっていた。

ツバサの自由研究は、夏休みを残すところ二日になった日の午前、とうとう完成した。エッちゃんの話をもっと聞きたかったが、こちらから訪ねることはしなかった。エッちゃんへの取材が一度だけに終わったというのが、いくぶん心もとない。だがツバサは、ひとり大きな達成感に満たされ、その小さな胸は熱くなる。すぐに、アツコにメールを打った。

—アツコさん、やっと自由研究が完成しました。自分でもびっくりするくらい集中できて、ちょっとカンゲキしています。いちばんにアツコさんに読んでほしいです。今日か明日は、お散歩でこちらに来ませんか?

ツバサが送信してから、ほとんど間をおかずアツコから返信が来た。

――やったね、ツーちゃん！　完成したんだ。私も早く読みたいから、今日ベガを連れて行くわ。四時くらいになると思うけど、浜で会おうね。わー、楽しみだなあ。

はずむ気持ちでアツコのメールを読みながら、ツバサはふと「アツコさんに悪かったかな？」と思った。ツバサがまとめた自由研究は、レポート用紙でゆうに三十枚は超えている。写真だけでなく、得意の絵による解説なども交えているとはいえ、かなりの文章量である。アツコだって、宿題や受験勉強で忙しいことだろう。これまでも、本の選定やら写真をプリントアウトしてもらったりと、ずいぶんと手間をかけさせてきた。これ以上、自分のことで煩《わずら》わせると、甘えすぎていると思われて、嫌われやしないか。そんな不安と後悔もちらと浮かんだ。

だが、浜で会ったアツコには無用な心配だった。ツバサの作品の完成を心から喜んでくれ、最初からじっくりと目を通しはじめた。ツバサは、落ち着いて読んでもらえるように「ちょっと、ベガをお散歩させてきます」と言って、立ち上がった。ベガを引き連れ、浜をぶらぶらと歩きながら「アツコさんは、どう感じてくれるだろう……」と、ちょっとしたおそれと期待を抱いて胸を高鳴らせた。頃合いを見計らってベガと戻ると、アツコはまだ熱心に読みふけっている。

「あ、ツーちゃんお帰り。ちょうどこれから最終章だから、もう少し待っててね」

「ありがとうございます。すごく丁寧に読んでいただいて、嬉しいです」

ツバサは、本心からそう思いながら「いよいよだ」と、合格発表を待つ時のような心境で息を呑んだ。

――アッコさん、私の決意を読んでどう感じてくれるかな……。

ツバサが、その反応をいちばん楽しみにしていた箇所でもある。ふと見ると、アッコの目つきがいっしゅん変わったように見えた。それまでは、普通に読み進めていたのだが、今は紙の裏まで透《す》かすような眼で文字を追っている。ページをめくる手も、いちだんと遅くなっていた。やがてすべて読み終えると、アッコはふうっと大きなため息をついた。ひと呼吸置くと、アッコは気持ちのたかぶりをそのまま顔に表し、満面の笑みを浮かべてツバサを見た。

「ツーちゃん、すっごく面白かったわ！　大変な力作よ。テーマも興味深くて、それによく調べているし。何より海女の人たちに対する温かい気持ちが伝わってきて、ツーちゃんならではの作品になってると思う。それと、本当に絵が上手ね。私、ツーちゃんに描いてもらうのが、ますます楽しみになってきたわ」

「ありがとうございます。アッコさんにそう言ってもらえただけで、私もまとめてよかったって思います」

ツバサはアッコの言葉を胸に収めると、じわっと目頭《めがしら》が熱くなってきた。何より、アッコが自分の作品に対して、心を込めて読んでくれたことが嬉しかった。

「でもツーちゃん、この決意のところ……お父さんやお母さんとも話し合ったの？」

「いえ、まだ私ひとりで考えて書いただけです。アッコさんがいいって言ってくれたから、これで学校に出すつもりです」

ツバサはアッコの目を見て、しっかりとうなずき返した。

十一

『磯笛《いそぶえ》の絆《きずな》』と題されたツバサの自由研究は、教師の間で高い評価を受けた。テーマの独自性と今日性。そしてツバサ自身の郷土愛と将来に向けての夢などが丹念に書き綴《つづ》られており、担任教師から「先生は感激したぞ！」と肩を叩《たた》かれた。この夏の自由研究は震災やエネルギー問題をテーマにした作品が多く、他にも良いものが目についたことから、優秀作品の発表会が企画された。学校としては初めての試みである。職員会議の検討を経て、発表会は九月の中旬に実施されることになった。優秀作品には、三年生のふた組とツバサが選ばれた。三年生の作品の一つは、関東大震災時の伊東市の様子を調べたもの、もう一つは自然エネルギーについてのグループ研究だった。

さっそく、ツバサは発表用資料のまとめ直しに取り掛かることになった。学校に提出した後、すぐにテツとミナコにも読んでもらおうかとも思っていたが「学校の発表会が終わってからにするね」と言って、二人には先延ばしをすることにした。

発表会が決定したその日、ツバサはアッコに報告のメールを打つと、アッコからもすぐに祝福の返事が来た。アッコに会って礼を言いたい気持ちだったが、受験勉強の気を散らしてはいけないと思い、終わるまで控えることにしたのである。ツバサはその日から、ひとり発表の準備をはじめた。

発表は全校三百人ほどの生徒の前で行うので、パソコンの画像をプロジェクターを使ってスクリーンに映して行うことになっている。ツバサは帰宅すると毎日、学校から貸与《たいよ》されたパソコンに写真を取り込んだり、伝えたい情報を読みやすくレイアウトする作業にかかりきりになった。最初は慣れないので苦労したが、パソコンの扱いに詳しい担任教師が丁寧《ていねい》に指導してくれたので、一週間も経つ頃にはずいぶん上達していた。

そして準備が大詰めに差しかかった週末、八幡野の町に季節のにぎわいがやってきた。豊漁を願う秋の伝統行事、秋祭りを迎えたのである。土曜日の朝から町は華《はな》やぎ、大人や子どもの歓声がそこかしこから聞こえてくる。午後三時を過ぎる頃には、上町のさらに上手《かみて》にある八幡宮来宮神社《はちまんぐうきのみやじんじゃ》から、二基の神輿《みこし》が「下におろー、下におろー」という掛け声に合わせて町を練り歩き、港までお下《くだ》りをしてくるのだ。この神社は八幡宮に来宮神社を合祀《ごうし》したといわれているが、もともと来宮神社は八幡野漁港の脇にあったという。ところが、この神様は大の酒好きで、お神酒《みき》の奉納を強要しては海を荒らすため、困った人びとが「元屋敷」と呼ばれる社地の一角に遷《うつ》した。しかし、そこからも海が見えてお神酒を乞《こ》うので、海の見えない八幡宮の脇に遷祀《せんし》したというのである。

下ってきた神輿は東ノ浜の近く、『ひよけなか』という古い防火施設につくられた『お旅所《たびしょ》』に安置されると、隣の屋台からいっせいにシャギリ（祭囃子《まつりばやし》）が始まる。シャギリの囃子《はやし》に乗って、女装した若衆連《わかしゅうれん》が、かわるがわる大万灯《だいまんとう》を振りかざすところで、祭りの興奮は最高潮に達する。大万灯は、自分の背丈《せたけ》の倍以上もある木製の角材の上に、赤い幕が四方に張られた台座が取り付けられ、台座の上には「桃太郎」など、おとぎ話の主人公の人形が据《す》えられていた。屈強な若衆が、なるべく万灯を高く掲げようとよちよち歩くさまに、群衆は喝采《かっさい》を送る。夜店の屋台《やたい》も出る祭礼は日曜日まで続き、一夜を明かした神輿は、浜で神事を行い再び神社に帰っていく。帰りは神事をつかさどる人びとや、大太鼓などシャギリの奏者や神輿、そして胡麻殻《ごまがら》がらと呼ばれる山車《だし》と万灯が続く大行列となる。山車には幾筋もの胡麻殻と竹笹が編みつけられ、中では数人が囃子を唄うので、お上りはお下りの静けさとは対照的なにぎわいに包まれるのだった。

遠くから聞こえてくるシャギリを耳にすると、ツバサは昨年の思い出が蘇《よみがえ》ってきた。町内会の半《はっ》被《ぴ》を着て、大人たちがかつぐ山車にヒデとついて回りながら、観光客が向けるカメラを目にした時に、この町の子になった実感がじわりとこみ上げてきたのである。ツバサは昨年のように町を歩き、夜店にも顔を出したかった。土曜日の昼食後には、ヒデからも行こうよと誘われたが、浮き立つ街の様子を小一時間ほど見るだけにとどめた。

しかし土曜日にがんばってめどがついたので、日曜日の午前中は祭り寿司づくりを手伝った。ツバサが好きなのはそぼろを乗せた皿寿司である。伊東の街中ではそぼろの材料はサバが一般的だが、八幡野ではヤッパタと呼ばれる魚を使う。正式名をクロシビカマスという黒ずんだこの魚は、鋭い歯とひれを持ち、見た目には不気味でうまそうには見えない。じっさい身は白く脂《あぶら》も乗って味もよいのだが、骨が多いので調理は手間である。ヤッパタを最初にミナコが軽くゆでると、ツバサが黒い皮をむいて丁寧に骨を取りながら身をほぐしていく。その身を祖母が酒としょうゆ、みりんで味をつけて鍋で炒《い》ってそぼろを作る。その間にツバサはブリやタイ、マグロの漬《づ》けなどの刺身ネタを五連の型に入れ、酢飯を詰めて押し寿司を作っていく。女三人で台所に立ってする祭りの支度は、外から聞こえる子どもたちの笑い声とともに、祭りの華やいだ気持ちを高めてくれるのだった。

日曜日の午後に祭り寿司をみんなで食べた後、ツバサは発表原稿を何度も練り直し、暗記するほど読み返していた。そうして祭りが終わった翌日の月曜日、発表の前々日にあたる日だったが、担任教師の前で予行演習をして、「大丈夫だ、自信を持ってやれよ」という力強い言葉をもらった。

いよいよ当日、第一発表者のツバサは、緊張しながら舞台の袖《そで》にいた。ふと、アッコから聞いたマサルの話を思い出す。

―マサルさんは県の大会で、他の学校や、キョウイクイインカイの偉い人たちを前に、堂々と発表をして優勝したんだ。それに比べたら私は校内だから、どうってことはない。落ち着け、落ち着け……と、ツバサは自ら冷静になるよう努めた。やがてツバサの名前と題名が読み上げられるとステージに進んだ。ツバサは一度深呼吸をし、ゆっくりと語りはじめた。

「私はこの夏休み、深い海に潜《もぐ》って漁をする、海女《あま》のことを調べました。ここ八幡野には七十歳になるエツさんと、六十歳になるチヨさんという、二人の現役の海女がいます」

三百人ほど集まった聴衆の中で、へえとかほうと言うざわめきが立った。地元中学生の間でも、なお現役の海女がいるというのは、それほど知られた話ではないようだ。かなりの高齢であることも、意外に受け止められたのかもしれない。

「二人は中学を卒業するとすぐに、三重県の鳥羽《とば》から伊豆まで出稼ぎに来ていました。私たちと、それほど歳は変わりません。お父さんやお母さんと離れて仕事をするのは、心細かったと思います。でも八幡野の人たちが、優しく迎えてくれたので、寂しくはなかったそうです」

皆は、耳にしたことがない海女の話に興味を持ったようだ。ツバサにもその気配が伝わってくる。

ツバサは、少し落ち着き、パソコンの操作をしながら原稿を読み続けた。

「今は千人ほどですが、お二人が小さい頃、鳥羽には五千人を超える海女がいました。鳥羽の海女は、東に来ることを磯上《いそのぼ》り、西へ行くことを磯下《いそくだ》りと言って、各地へ出稼ぎに行っていました。遠く朝鮮半島まで足を伸ばしていた時代もあるそうです。世界で海女漁をしているのは、日本と朝鮮半島しかありません。そうしたこともあって、鳥羽にある海の博物館では、韓国の済州島《チェジュ》と協力して、海女漁をユネスコ世界文化遺産に登録する運動を進めているそうです。鳥羽には四千年に及ぶ海女漁の歴史があり、古い記録も残っています。江戸時代、限られた外国との交易では、金銀の代わりにアワビが使われたこともありました。だからアワビを採る海女は、日本の歴史を支えてきた一面もあるのです」

ツバサは体を少し捩《よじ》って、後ろのスクリーンに映し出された『今も海女漁をしている地域』という箇所を指差した。九州、山陰、北陸、三重、静岡、千葉、東北などが赤く記されている。

「出稼ぎに来たエツさんたちは、四月から十月までを八幡野で過ごしました。鳥羽へ帰るとすぐに稲刈りに駆り出され、朝から夜まで野良《のら》仕事です。今のように豊かな時代ではありません。鳥羽の人たちは漁をしながら、自分たちが食べるお米や野菜まで作る、半農半漁の暮らしをしていました。エツさんが若い頃、海女漁は素潜《すもぐ》りでテングサを採ったり、アワビやサザエを採っていました。素潜りは、十五キロくらいの錘《おもり》を持って十メートルほどの所に潜ります。息を止めていられる一分くらいの間に、急いで漁をするのです。船頭さんは、海女から合図があると一気に命綱を巻き上げるという、まさに命がけの漁でした。エツさんが鳥羽にいた時代は今より海も豊かで、八幡野の東ノ浜でも、サザエが星が降るように見えたそうです」

やがてエッちゃんが、八幡野の人と結婚して、子どもを生んだこと。漁の方法が素潜りから面潜《めんせん》、ボンベへと変わってきた経緯。その漁の方法の違いなどに移った。

「面潜になってからは行動範囲も広がり、深いところまで潜るようになりました。そして高校を卒業したばかりだったエツさんの娘さんも海女の道を志し、八幡野海女漁の後つぎとして町でも期待されたそうです。しかし海の仕事が危険と背中合わせなのは、どうしようもありません。まもなくエツさんに、大きな悲しみがおそいました。エツさんは、一緒に海で潜りはじめた娘さんを漁で亡くしてしまったのです。エツさんの悲しみは深く、三年ほど海に出ることができなくなりました。どれほどつらかったでしょうか。しかし、ご主人をはじめとした皆さんの励ましで、再び海女漁に出られるようになりました」

生徒たちは、やや声をふるわせて読むツバサの説明を静かに聴き入っている。エッちゃんが娘を亡くしたくだりでは、息を呑《の》む気配も伝わってきた。会場からは、ささやき一つ聞こえてこない。

「今ではボンベを使うようになっているので、海女漁ができる範囲はさらに広がり、安全性も高まっています」

ここでツバサは、エッちゃんが話してくれた、五百円玉、百円玉、五十円玉の逸話《いつわ》を持ち出した。

「皆さんだったら、どのお金を取りに行きますか?」

会場が、初めてざわついた。そりゃあ五百円だ、いや自分は百円の方だ、と隣同士で交わす言葉が聞こえてくる。ツバサも、緊張がほぐれた会場の様子に、いくぶん余裕が出てきた。ぐるりと首を回し、会場全体を見わたしてわずかの間をとる。ツバサは、性格による漁の仕方の違いについて説明し、自分は欲張りなので五百円を取りにいくと言うと笑い声も起きた。

「しかし日本の近海は、全国的に磯焼《いそや》けが進んで、海女漁は危機に陥っています。経営が困難になっている漁協も出てきました。八幡野の海も、昔のように星が降るほどまでにサザエはいません。でも、魚《うお》つき林のように森を守る努力や、ダイバーたちの清掃活動によって、まだまだ海女の人たちが仕事を続けられるだけの透明度はあり、海の環境は保たれているのです。エッさんは、いつまでもこの海を守ってほしいと願っていました。私も、まったく同じ気持ちを抱いています。私たちが大人になった時に、子どもたちが安心して遊べる海であってほしいのです」

再び会場が静かになった。ツバサは、自分で調べた日本近海の海洋資源の減少と、輸入や養殖に頼らざるを得なくなった現状を、スクリーンに映し出された統計数字などを交えて説明をした。会場の誰もが、熱心に耳を傾けてくれている。さあ、いよいよ私の決意を述べる時だ。

その頃アツコは、いつもと違う自分に向き合っていた。授業の最中であるが、この日ばかりは教師の声が耳に入ってこない。ときおりうわの空になりながら、ツバサのことを思い浮かべていた。

―そろそろツーちゃん、ステージに登っている頃かな。あれだけ一生懸命取り組んできたんだから、堂々と発表しているだろうけど……

アツコは、ツバサがまとめた自由研究の決意を読んで、少なからずうろたえた。ツバサは、まだ両親にも話していないと言っていた。

「私、エツさんの船に乗せてもらってから、ずっと考えていました。遊び半分とかじゃありません。大人になったら、アツコさんと一緒に伊東の環境をよくする活動をしていきたいんです。アツコさん言ってましたよね、一度しかない人生。大きな夢と目標を持って生きていこうって。私、これまで考えたこともなかったけど、絶対にそうだなって思ったんです」

アツコの前では珍しく気色《けしき》ばむツバサに、アツコはすんなりと激励の言葉をかけられなかった。自分との出会いが、ツバサが抱く将来の夢を変にゆがめたりはしなかったか、それが気がかりだった。

ツバサの発表は最終章に入った。

「今はまだ、八幡野の海は豊かな資源に恵まれています。でも、これからもずっとそうである保障はありません。人間が海の様子を見ながら、手をかけていかなければならない時代になっています。私は身近な先輩の一人が、大学でサイバイギョギョウの研究をしていることを知りました。人手をかけて魚を増やすためにも、魚が育つための海がなければなりません。先輩は、将来伊東に帰ってきて、昔のような豊かな海にしたいという夢を持っています。実際に、東北地方の岩手県には、山に木を植えることによって汚染された海を蘇らせた『森は海の恋人』という自然保護活動もあります。私は、こうした話にとても感動し、自分にもできることがないだろうか、考えてみました」

ツバサはここでひと呼吸入れ、聴衆を見回した。みな、ツバサの口から出る次の言葉を待っているようだ。ツバサはすうっと息を吸い、できるだけ大きな声を出した。

「そして私が出した結論は、エツさんの後を継いで海女になることです！」

会場が少しどよめいた。「海女だってさ」「あいつ泳ぎは上手かったっけ」そういったささやきが聞こえてくる。ツバサは気にせずに続けた。

「お年寄りのエツさんとチヨさんが引退すると、八幡野の海女漁は途絶《とだ》えてしまいます。エツさんは五十年間、小さな漁協を支えるために、冷たい海に潜り続けてきました。きっと、何度もやめたくなったことでしょう。でも、娘さんを亡くした悲しみを乗り越え、孤独に耐えながら、アワビやサザエをひとつひとつ採り続けました。遠くから食べに来て、喜んでくれる人の笑顔を思い浮かべながら、命がけの漁を続けてきたのです。地元の美味《おい》しい海の幸を味わってもらう、それがエツさんの生きがいであり、八幡野が守ってきた真心《まごころ》でした。その真心こそが、きっと何度も折れそうになったエツさんの気持ちを支えてきたのです。これまで何十年、いえきっと何百年も続いてきた、貴重な文化を誰かが引き継いでいかねばなりません。今漁協では、後継ぎの心配をしはじめ、保存会ができました。私は高校を卒業したら、その道に進みたいと思っています。だから、エツさんとチヨさんには、もう少し現役でがんばってほしいのです」

　会場は再び水を打ったように静まり返った。聴衆はツバサの話を、どう受け止めたものか、とまどっている様子もうかがえる。そうした生徒たちの中に、キヨシの娘であるサキの顔もあった。発表を聞きながら、サキにはある光景が頭に浮かんでいた。昨年の秋祭りの時、シャギリ（祭囃子）の奏者として太鼓を叩いていた自分とは違い、ツバサは山車《だし》の周りをうろうろと歩いているだけだった。今年の乗り初めの時には、勝手が判らずまごつくツバサを横目に、サキは得意になって観光客に味噌汁をふるまった。古くから八幡野にいる子どもと、いわばよそ者との違いをまざまざと見せつけたものだ。しかし今、サキの心の中で二人の立場は逆転している。サキはつい先日、父親のキヨシから海女漁保存会の話と、ツバサが熱心に海女のことを調べている話を聞かされてはいたが、これほどの深い内容は想像していなかった。キヨシは、遊んでばかりの自分と比較してツバサをほめちぎり、サキはそんな父親に反発を覚えたが、今のツバサの発表内容には素直に舌を巻く。二人の友人と一緒に、町の大人たちへ『原発をどう思うか』とインタビューをしてお茶を濁《にご》した、自分たちの自由研究との違いを歴然《れきぜん》と思い知らされた。もちろんツバサは、そんなサキの気持ちなど知る由《よし》もない。

「私は、海女の仕事を続けながら、カンキョーのことをしっかりと勉強したい。できることなら市会議員になって、伊東の町を良くする活動もしていきたいと思います。その時がきたら皆さん、どうか私に清き一票をお願いいたします」

ツバサの冗談めいた言葉のつけ足しに、会場から笑いも起きた。「選挙違反じゃねぇかー」といった野次《やじ》も飛ぶ。このあたりは、ツバサが予期した通りの反応だった。

「こんなことを言うと生意気で、現実的ではないと思われるかもしれません。しかし、海女の仕事は四月から十月です。それに漁に出られるのは三分の一くらいの日数です。漁に出ない時、エツさんは農作業をしていますが、私の家は農家ではありません。時間はたっぷりあります。海の中で漁をしながら、海のカンキョーをいちばんよく知る人間として、私は社会の役に立っていきたいと思います。何といっても、伊東は海の町です。お休みになると、ダイバーや釣り人がたくさん訪れてきます。観光で遊びに来る人たちも、みんな美しい海と美味しい海の幸を期待していることでしょう。しかし誰かが海の変化を見続けて、守るための取り組みをしなければ、美しい海が失われてしまうかもしれません。その誰かの一人に、私がなりたい。一度しかない人生、大きな夢を持って生きていきたいのです」

もはやツバサは演説調になり、顔も真っ赤に火照《ほて》っていた。鼻の頭には、汗が吹き出し小さな玉を作っている。最後の締めくくり、ツバサは腹にいちだんと力を込めた。

「私は海女漁の船に乗った時に、びっくりすることがありました。エツさんが、潜った海から顔を出す時に、ひえーっという悲鳴のような声をあげたからです。少し離れた浜にも届くような、耳をつんざくような大きな音です。船頭さんから、それは海女独特の呼吸法であること。磯笛《いそぶえ》と言って、自分の船に居場所を知らせる合図であることを教えてもらいました。私にはこの笛の音《ね》が、伊東の海に憧《あこが》れる人を呼ぶ声にも聴こえました。そしてこの笛は、もしかしたら都会の人と伊東の人をつなぐ、見えない絆《きずな》なのかもしれない、そんなふうにも思ったのです。私は、この磯笛の絆をエツさんからしっかりと受け継いでいきたい、だから海女になることを決意したのです。これで、私の発表を終わります。ご清聴《せいちょう》、ありがとうございました」

最後は一気にたたみかけると、ツバサは眼をあげて会場を見わたした。会場の中には、観光業に携わる家庭の子弟も、たくさんいることは知っている。海女漁の保存を、自分の問題として受け止めている生徒も、きっといるはずだ。ツバサは、ぐっと唇を引き締めて一礼した。

一人、二人が拍手をはじめ、やがて会場が大きな拍手に包まれた。ステージから降りたツバサは、クラスのみんなが集まる輪の中に入り、親しい友人たちから「発表、よかったよ！」と声をかけられた。ツバサは、これほど晴れがましくも、照れくさい気持ちになった経験はかつてない。たかぶる気持ちを残したまま、ツバサは続いて行われた三年生たちの発表に耳を傾けた。

最初は学校きっての秀才とほまれ高い、男子生徒による関東大震災の記録調査だった。彼は、神奈川県の有名私立高校に進学するという噂《うわさ》がツバサの耳にも入っている。古い文献《ぶんけん》や数百人に及ぶ児童の作文集に当たるなど、労苦が伝わってくる内容にツバサはひき込まれていった。

関東大震災の話はツバサも船頭から聞いていたが、大津波に襲《おそ》われた伊東市では二九四戸の家が流出し、九五人が命を落とした悲しい記録が残されている。熱海《あたみ》でも八八人が亡くなっていた。その中で、熱海との境に位置する宇佐美《うさみ》の町では、一一一戸が流出するなど家屋被害は大きかったものの、一人の死者も出なかった。彼は「貴重な人命が被害から免《まぬが》れたのは、およそ二百年前の一七〇三年に大きな被害を生んだ、元禄《げんろく》大地震からの言い伝えがあったからでした。遠い昔の古い記録が、人びとの命を救ったのです。私たちは、これからも謙虚に歴史から学ぶ姿勢を持ち続けていかなければなりません」と結んだ。ツバサも、記録を残していくこと。次代に伝承することの意義の大きさを思わずにはいられなかった。

もうひとつのグループ発表は、女生徒三名が分担をして伊豆半島の自然エネルギー事情を調べた内容だった。伊豆半島では、年間およそ百億キロワットの電力需要があるという。想像さえしたことのない単位の数字であるが、浜岡原発だけでその倍に当たる量の電力を作り出すという説明で、ツバサも現実的な問題として認識できた。一方で、伊豆半島に八カ所ある川の水力発電が、全需量の三百分の一。既に設置されている太陽光もほぼ同じ発電量。さらに熱川《あたがわ》や稲取《いなとり》で稼働《かどう》している十三基の風車と、石廊崎《いろうざき》など南伊豆にある十九基の風車で合わせておよそ百分の一という数字の比較が、現在の自然エネルギーの実態を教えてくれた。しかし「伊豆半島では、自然エネルギーすべてを合わせて今はまだ二パーセント足らずです。そのパワーはトラックと自転車のような違い、いやその差はもっと大きいかもしれません。しかし現在の風力タービンは三十年前の百倍の電力を生み出すと言うし、下田《しもだ》で洋上風力発電設備を作ると、五十万戸分の電力を作り出す可能性があるという試算もあります。これからは科学技術の発展でさらに発電の効率は上がるはずなので、自然エネルギーの未来に夢をかけながら、みんなで節電していきましょう」という呼び掛けにはツバサも素直に共感できた。三年生たちの発表も併《あわ》せて、ツバサにとって心に残る一日となった。

放課後、ツバサはフウカと肩を並べて教室から出た。

「ツーちゃん、本当に海女になるの？」

下駄箱《げたばこ》に向かいながら、フウカがツバサの顔をのぞきこむようにたずねてきた。

「うん、今はそう思ってる」

「私、ツーちゃんはずっと先生になりたいって言ってたから、そうなんだと思ってた。どうして変わったの。やっぱり、いろいろと調べたから？」

正面から問われると、ツバサも返事に窮《きゅう》する。エッちゃんに話を聞き、今回のまとめをしているうちに、自然とその気持ちがわいてきたのである。

「自由研究をまとめるのに、エツさんと船頭さんだけじゃなくって、お父さんや知り合いのおじさん、高校生の人なんかからお話を聞いたの。みんな、海のことに一生懸命取り組んだり、どうしたら良くなるかって考えたりしてるんだ。それで、私にできることは何かなって思ったら、海女になることが、いちばんじゃないかって。やっぱり私は、漁師の血を引いてるからなのかもしれないね」

「じゃあ、お父さんやお母さんも賛成してくれたんだ」

「ううん、まだ話してないよ。だって、もし反対なんかされたら、自由研究がまとめられなくなっちゃうでしょ。今日、家で発表会をすることになってるの」

「ふーん、だったら喜んでくれるといいね」

そんな話をしながら、二人がグラウンドの外《はず》れに差しかかった時である。野球部のユニフォームを着て談笑していた生徒たちが、いっせいに視線を投げかけてきた。その中の一人が、とつぜんツバサに向かって声を飛ばした。

「ツー、今日の発表、チョーかっこよかったぞ」

声の主は同じクラスのユウキで、日ごろから言葉を交わすグループの一人だった。家が魚屋をしていることもあって、だれとでも気さくに話すひょうきん者で、周りから好かれている生徒である。

──教室では何も言わなかったのに、こんなところで言うなんて……。ツバサは思わず顔を赤らめてうつむいた。フウカがツバサの脇腹をつんつんと肘《ひじ》でつついたのは、野球部員たちの輪の中に、ツバサがひそかに好意を寄せている男子の顔があったのである。ちらと見ると、その子も笑顔でうなずいていた。

「ツーが立候補したら入れてやるからな」

また、別の声がかかった。声の主は、八幡野の下町で古い旅館を営んでいる家の子である。発表の時も「選挙違反じゃねぇか！」と、まっさきに野次《やじ》を飛ばしていたが、その言葉に悪意はない。いずれ家業を継ぐことになる彼らにとっては、期待の裏返しかもしれなかった。

ツバサは「ありがとう」と素直に応じ、フウカの手を引くようにして早足でその場を後にした。

「よかったね！」と再びフウカに肩を叩《たた》かれながら、こんどは家族の顔が頭に浮かんできた。いったいテツとミナコはどのように思うのだろうか。あるいはおばあちゃんは……。ツバサが胸に聞くと、ちょっとした不安が差し込みはじめてくる。まさか正面切って反対されることなどはないだろうけど…。フウカと別れた後、ツバサの足どりからはそれまでの軽やかさが消えていた。

十二

夕食後、ツバサが発表を終わると、茶の間が静まりかえった。途中まで、にこにこ笑いながらうなずいていたテツとミナコ、そして祖母が、半ば困惑げな面持《おもも》ちで顔を見合わせている。ツバサはとうとう最後まで、三人がどう受け止めてくれるのか、まったく想像がつかなかった。もっとも、手放しで発表をほめられ、海女になることもすんなり認められるとまでは、思っていない。なにしろ、ついこの間までは先生になりたいと言っていたのである。だが、自分なりに考え出した結論を、前向きに受け入れてほしい、そんな淡い期待は抱いていた。ツバサは立ったまま、三人から言葉をかけられるのを待った。だがいきなり沈黙を破ったのは、ヒデだった。

「すげえ、姉ちゃん！　海女になるンか。でも姉ちゃん、そんなに泳ぎが上手くないから、苦労するんじゃないか」

ヒデの言葉にきっかけをつかんだように、続いてテツも口を開いた。

「そうだなあ、ツバサ。海女ンなるっていうのは、ちょっと難しいじゃないか？　自由研究の途中までは、よく調べていて上出来だったさ。だけど、最後のところは考え直した方がいいだろうな」

「お母さんもそう思うわ。だって、ツーちゃんはずっと先生になりたいって言ってたでしょ。お母さんも、ツーちゃんは先生に向いてると思うし、実現できるようにがんばってほしいな」

言葉を選んでいるが、二人が反対していることはありありと伝わってくる。ツバサは、珍しく反抗的な態度でテツにつっかかった。

「どうして？　どうして先生ならよくって、海女は悪いの？　だって海女を継《つ》ぐ人がいなくて困ってるんでしょ」

「いや、それはいずれ見つかるから大丈夫さ。いないからって、ツバサが心配して手を挙《あ》げることはない。海女は危険も伴うし、今どき特殊な仕事だから結婚だって苦労するかもしれないぞ」

「私だと危険なことはダメで、他の人だったらいいの？　そんなの、おかしいわ。それで保存会なんかやっていけるの。だってお父さん、よくテレビに出る政治家のことなんか怒ってるじゃない。ああやって、きれい事を言うだけの人間は信じられない。いざって言う時に、自分は何もしないんだって。それと同じことじゃない！」

ツバサの言うように、人の娘なら危険な仕事をやってもらうが、自分の娘にさせるわけにはいかないというのは、漁協の人間としての道理が立たない。テツは痛いところをつかれ、返す言葉が見つからなかった。やれやれ困ったことになったという顔つきで、救いを求めるようにミナコと祖母の顔を見た。祖母はじっと目を伏せたまま、なにも言わないで黙っている。ヒデはツバサの思わぬ剣幕《けんまく》におどろき、大人たちの顔を見まわしていた。

ツバサ自身、どうして声を荒げてテツに突っかかってしまったのか、自分でも理由がはっきりしない。こみ上げる気持ちにまかせて、思わず口から出た言葉が頭の中をかけめぐっている。しばらくの間、気まずい空気が流れた。

「ツーちゃん、お母さんは絶対にダメって言っているわけじゃないのよ。ただ、今までずっと、先生になりたいって言ってたから、びっくりしたの。それに、今日の発表もすごく面白かったわ。だからツーちゃん、こうやって調べたり考えたりすることが、やっぱり得意なんだなって思ったの。ツーちゃんまだ中学生だから、将来のことを今から決める必要もないでしょ。これからゆっくり考えていけばいいわ」

「そうそう、人には得手《えて》、不得手ってモンがあるから。父さんも、ツバサは海女より、先生の方が向いてるじゃないかって思ってるだけさ。母さんの言うように、まだまだ先の話だから、じっくりと考えていったらいいだよ」

拳《こぶし》を振り上げながらも、その降ろし先に窮《きゅう》していたツバサである。二人の言葉に力なくうなずき、放心したように自室へ引き上げていった。ツバサは部屋に戻ると、しばらくベッドにからだをあずけて天井を見つめていたが、やがて起き上がってアッコにメールを打った。

—今日、無事に発表を終わりました。先生から、大成功だったとほめられて、友達にもよかったよと言われました。でも、お父さんとお母さんは、海女になるのは反対みたいです。時間をかけて考え直すように言われました。でも、私は本気です。夢を実現できるようにしていきたいです。ただ、大好きなおばあちゃんが、何も言わないでちょっと悲しそうな顔をしていたのは、私も気になりました。でも、今日で終わってほっとしています。アッコさん、いろいろとありがとうございました！

アッコにメールを打つと、ツバサは胸のつかえが下りた気持ちになった。再び階下に降りていき、片づけものをしている母親に「お風呂入るね」と声をかけた。ツバサは気持ちを鎮《しず》めるようにゆっくり風呂に浸《つ》かって部屋に戻ると、アッコからの返信が届いていた。

—先生にも、友達にも評判がよかったみたいだね、おめでとう！　あれだけの内容なら、だれもが心を打たれるはずです。これからも、今回の情熱でぶつかっていけば、何だって乗り越えていけるわよ。この気持ちを忘れないでね。ご両親に、ツーちゃんの決意は理解されなかったみたいだけど、私もじっくり考えていくのは賛成だわ。高校を卒業する頃に、まだ同じ気持ちだったら、もう一度話し合ってみるといいんじゃないかな。その時は私も、何か力になれると思うし、これからも相談に乗るからね。ツーちゃんのこと、ずっと応援しているよ！

ツバサは、アッコからの返事に気をとり直して眠りについた。

ツバサが家で発表会をしている頃、もう一つの家庭で海女の話題が持ち上がるところだった。食後の酒を楽しんでいたキヨシは、横になってテレビを見ている娘のサキから、学校で行われた自由研究発表会の話を聞かされて目を剥《む》いた。

「なんだって、ツーちゃんが海女になりたいって？　それを学校の発表会で言ったのか」

キヨシは思わず、もたれていた座椅子《ざいす》から身を乗り出した。

「そうだよ。それに、海女をしながら市会議員になるんだって。伊東の町をよくするから清き一票をって言って、みんなに笑われてたけどさ」

サキは、受け狙《ねら》いのタレントがはしゃいでいるバラエティのテレビ番組から目を離さず、キヨシに言葉だけ返した。キヨシは座椅子に背をあずけ、コップの酒を一口含んだ。

「そいつはちょっと、笑い話だけどな。まあツーちゃんは、今回の自由研究でやったから、ひとと き焦《こ》がれてるだけさ。それよりもサキ、近いうちに言おうと思ってただけど、お前こそ海女ンなったらどうだ。保存会の方にも話しておくぞ」

思いもしなかったわが身の進路を問いかけられ、サキは半分身を起してキヨシに目を向けた。卓を拭《ふ》きにきた母親が、サキを一瞥《いちべつ》して台所に戻っていく。

「私が海女？　冗談じゃないよ。高校だって行かなきゃなンないし、高校卒業したら、東京に出て働こうとも思ってるんだから」

サキは、ふてくされたように言って再び寝ころがった。一歳年下のツバサが、自分にはとうてい及びもつかない発表をしたことも思い出され、いまいましさも募《つの》る。だがキヨシは、そんなサキの気持ちはわかる由《よし》もなく、ぐいとコップ酒を飲み干して話を続ける。

「まあ、高校ぐらいは行ってもいいさ。ただ俺の本心じゃ、今のままのお前なら中学だけでもいいと思ってるだよ。だいたいお前、勉強好きじゃねえだらぁ。高校行くったって、おかしな友達とツルんで遊ぶだけじゃねぇか？」

「そんなこと、ほっといてよ！」

じっさい中学三年生になるサキは、学校の成績は真ん中より下だった。もともと理解力が低いわけではなかったが、中学二年生の頃に水泳部をやめてから成績は下降線を描き、最近は素行《そこう》がよからぬ連中と連《つ》れだっている。そのことに、うすうす感づいているキヨシは、サキの行く末を案じはじめていた。

「だから高校は行ってもいいって言ってるだらぁ。その後だよ。東京出るったってアテなんかねぇし。勤め口だって、簡単に条件いいとこなんか見つかりっこないさ。だったら海女ンなる方が、よっぽど利口だよ。それにお前、水泳も得意だったじゃないか？」

「学校じゃ、一番か二番だよ」

サキは相変わらずテレビに目をやりながらも、このときばかりは得意げに答えたが、ふと一年ほど前の嫌な記憶が頭をよぎった。サキの生活が一変したきっかけとなった出来事があった頃である。二年の時まで水泳部に入っていたサキは、誰よりも練習好きな部員だった。だがめきめきと実力をつけてタイムを伸ばしていったサキに、上級生たちは面白い顔をしなかった。得意げなサキの態度にも、問題はあったのかもしれない。それから、たびたび嫌がらせなどをされるうちに部から足が遠のきはじめ、水泳への情熱がすっかりと失せたのである。よからぬ連中と仲間になったのも、この時期だった。サキの無関心にもめげず、キヨシはコップをテーブルに置いて説教を続けた。

「海女ンなって、しっかり仕事してたら稼ぎもいいだよ。それに、一年の半分は休んでられるんだぞ。他にやりたいことあったら、時間はいっぱいあるし。お前の性格にも合ってるじゃねえか」

「そうかぁ、一年の半分も休んでられるんだよね。そういえば今日の発表会でもツーちゃんそんなこと言ってたけど、意外といいかも」

サキは再び軽く身を起してキヨシに首を向けた後、洗い物をしている母親の背中をちらと見た。土産物屋《みやげものや》にパートに出ている母親は、繁忙期《はんぼうき》になるといつも、仕事が大変な割には給料が安いとこぼしている。キヨシの言う、条件がいいところなど簡単に見つからないというのは、目の前の現実だった。それまで厳しく吊《つ》り上げていたサキの目が、いくぶん緩《ゆる》んだ。キヨシはサキの態度の変化をとらえて、気持ちを込めて言った。

「仕事はもちろん楽じゃないけど、やってるウチに慣れてくるモンさ。高校行きながら、ときどきエッちゃんに教えてもらって、見習いみたいなことやってみな。海の仕事は気分がいいから、続けてたら好きになっていくだよ。お前がヤル気があるンなら、すぐに保存会に推薦《すいせん》してやるけど、どうだ？」

「そういうことなら、ヤル気ないわけじゃないよ。だったら推薦、出しといたら」

サキは、ぶっきらぼうに言って、またテレビに向き直った。サキは、海女の仕事にとりたてて関心を持ったわけではない。ただ、稼ぎが悪くないということ、一年の半分は時間を自由に使えるというキヨシの言葉に、少なからず心が動いたのだった。

翌日、キヨシは漁協の事務所にテツを訪ねた。キヨシが小声で「ちょっと話があってさ」と言って、奥に座っている所長に目をやった。ここでは話しにくいのだろうと思い、テツは表に誘った。

「昨日、娘から聞いただけどさ、ツーちゃん、海女になりたいんだって？」

事務所の脇に回ったところで、キヨシは声を落としてたずねかけた。テツは頭をかきながら、苦笑いを浮かべる。

「そうさ。いきなりそんなこと言い出したモンだから、往生《おうじょう》してるさ。一時的だとは思うんだけど、いつまでもそんなこと言ってて、勉強にも影響しなきゃいいけどって、カミさんも心配してるだよ。来年はもう受験だし」

「ツーちゃんは、ウチのと違って真面目《まじめ》で頭ぁいいから、テツも奥さんの心配ももっともだよな。まあ、あの年頃だし、いずれ気持ちも変わるさ。そうそう、それでウチのサキなんだけど。あいつこそ海女にどうかと思ってるんだけど、テツの考えを聞かせてくれねぇかな」

「サキちゃんが？　へー、本人もその気になってるのか？」

ツバサの話題で、昨夜から気が重かったテツの目に、さっと明るい光が差した。

「いや、まだ本気で話し合っているわけじゃあないさ。だけど、まんざらでもないみたいだよ」

「サキちゃんは確か、水泳は得意な方だって言ってたよな」

「何だか知らねぇが、学校じゃあ一、二ってことらしいさ」

「だったら、願ったりだよう！　まあ、他の人の意見なんかもあるけど、俺だってよそから人を探してくるより、八幡野の人間が後を継いでくれる方がいいと思ってるさ。近いうちに会合を開く予定だから、その時に話しておくよう。いい話になっていくじゃねぇかな。うん、まちがいないさ！」

「頼むさ、そしたら俺も少し安心だから」

キヨシはほっとした顔つきをして見せた。一方、サキを後継者の一人にするというキヨシの申し出は、後継問題に頭を痛めるテツにとって、光明であることは疑いない。しかも、ツバサにあきらめさせる方便《ほうべん》にもなるかもしれない。事務所へ戻るテツの顔色にも、ちょっとした安堵《あんど》の色が浮かんでいた。


翌日、ツバサは学校からの帰り道、東町に差し掛かったところで、ふと足を止めた。ツバサの行く手、いつも通るコンビニエンスストアの横で、三人の中学生が壁にもたれかかりアイスクリームをなめながらツバサに目を向けている。一人はキヨシの娘のサキだが、他の二人はいつもサキと一緒にいる友人だった。サキは華奢《きゃしゃ》で、どちらかと言えば穏《おだ》やかな顔つきをしている。だが一人は学校でも目立つほどの大柄《おおがら》な体格で、見るからに威圧感があった。もう一人はツバサより小柄だが、きつい目が印象的な女子だった。サキはちらとツバサを見たが無表情に目をそむけた。横の二人は、薄気味悪い笑いを浮かべている。ツバサは、いっしゅん足がすくんだが、引きかえすのも不自然である。視線を落として、急ぎ足で前を通り過ぎようとした。

「ちょいと待ちなよ！」

大柄な女子がアイスクリームの包みをゴミ箱に投げ入れて呼び止めた。ツバサはびくっとして立ち止まった。

「な、なんですか……」

背筋に寒いものを感じるツバサに、きつい目の子が一歩、からだを寄せてきた。口元はにやにやしているが、目は笑っていない。ツバサの顔からさあっと血の気が引き、胸が激しく鼓動《こどう》を打った。

「あんた、海女になりたいって発表してたよねぇ。それに市会議員だって？　ちょっとナマイキ言うじゃない」

「かっこいいことばっか言うから、あたしたち腹が立つのさ！」

大柄な女子も畳みかけ、睨《にら》みつけながら迫ってくる。このままどこかへ連れていかれるのだろうか。ツバサは恐怖を感じ、見知っているサキに救いを求めるような視線を投げた。サキは一歩離れたところに立ったまま、眼をそらして無関心を装っている。ツバサは「だ、だれか、助けてください！」と叫んで店の中にでも逃げ込みたい気持ちだが、体が金縛《かなしば》りにあったように動かない。首をすくめて身を縮めるツバサに、再び大柄な女子が口を開く。

「海女ンなるっていうのはね、サキみたいに泳ぎがうまい人間が言うことなのさ。サキだったら今やってるばあさんの何倍も採ってくるよ。それに、シンクロとか覚えてさぁ、ぱあって海の上に飛び出して、ショーみたいにやっちゃうかもね、なあサキ」

話を振られたサキは、相変わらず顔をうつむきがちにして黙ってる。

「ハハハ、そりゃあいいじゃない。シンクロ海女さんかぁ！　でもあんまりかっこよくないから、ウオーターガールの方がいいんじゃない？　もしかしたら、テレビで人気が出るかもよ」

大柄な女子の冗談に、きつい目の子が笑って応じた時、サキが「やめなよ、知ってる子なんだから」と怒ったように言った。サキは、ツバサをからかう二人の態度に不快を覚えた。試合に負けた運動選手が、負け惜しみを吐《は》いているような卑屈さを感じ、自分自身が味わった嫌な思い出が重ねられたのである。

「ツーちゃん、もう行きなよ」というサキの言葉に、体の呪縛《じゅばく》が解かれたツバサは「私、帰ります」と消え入るような声で言って、その場を走り去った。後ろでは二人の嘲笑《ちょうしょう》が聞こえてくる。ツバサは、恐怖と怒りに体をふるわせながら、いっさんに駆けた。周りの風景が、涙で滲《にじ》んで揺れている。自分の発表を茶化《ちゃか》されたのも腹立たしいが、エッちゃんが冒涜《ぼうとく》されたことがもっと悔しかった。ツバサは生涯で初めて、胸がつぶれるほどの屈辱《くつじょく》を味わった。

悄然《しょうぜん》と家に帰りついたその日の夕食時、大好きなイカフライやエビフライさえ味けない気がする。そのうえテツがミナコに話したことは、ざわめきが残るツバサの胸をさらに大きく波立たせた。

「そうそう、キヨシんところのサキちゃんがな、海女になりたいんだってさ。保存会に推薦してくれって、キヨシが言ってきただよ。近いうちに会合があるからはかってみるけど、うまく進むじゃないかな」

「それはよかったわね。後継ぎの問題がうまく進めば、お父さんもちょっと安心なんじゃない。サキちゃんなら地元だし、エッちゃんも気安く教えてあげられるんでしょうね」

テツとミナコは、ちらちらとツバサの方を見ながら、はずんだ口調で言葉を返す。ツバサは、心の中で憤《いきどお》りを覚えながら夕方の光景を思い浮かべた。

—みんな、何もわかっちゃいないんだ……。

ツバサは、自分がどのような目にあったのかを話したかったが、思いとどまった。大人の力を頼んで告げ口をするようで、姑息《こそく》なふるまいに思えたのである。ツバサはひとり孤独を感じながらも、自分だけでこの問題にぶつかってみせる、と意地さえわいてくるのだった。

部屋にもどって、アツコには今日のことを伝えようと思い、メールを打ちかけた。だが、途中で手が止まった。ツバサは心のたかぶりをしずめ、今いちど気持ちを確かめた。冷静を取り戻して考えてみても、答えはひとつである。「エッちゃんを引き継いでいくのは、私しかいない！」その使命感は、さらに確かなものになっている。床に就《つ》いてからも、いったい自分がどのように意思を表す行動をすればいいのか。そのことを、いつまでも考え続けた。

十三

週末の夕方、ツバサはエッちゃんの家を訪ねることにした。確かこのあたりだったなと、きょろきょろ左右に目を移しながら、下町の路地をあちらこちら縫《ぬ》うように歩を進めた。夕食の支度だろうか、どこからか魚を焼く香ばしい匂《にお》いが漂ってくる。ツバサは鼻をくすぐらせながら四方を見やると、一軒の生垣《いけがき》の向こうに、潜水服が干してあるのを発見した。ここがエッちゃんの家だろうと見当をつけ、玄関に回って声をかけたが、人の気配はしない。どうしたものかと思い、しばらくその場に佇《たたず》んでいると、野良着《のらぎ》姿のエッちゃんが、路地の向こうからにこにこしながら歩いてきた。背中には竹で編んだ背負《しょ》い籠《かご》が見える。

「ツーちゃんじゃねぇかい！　とつぜん訪ねてきて、どうしただよう」

白い歯を見せるエッちゃんの姿に、ツバサの顔がぱっと明るくなった。

「こんにちは、エツさんいらっしゃらないから、今日は帰ろうかと思っていたところでした」

「ちょっと畑まで行ってたからさぁ。会えてよかったじゃよう。まあ、そんなとこ立ってねぇで入んなよ。もう下の娘もとっくに嫁に出てまって、ウチはじいさんも死んでまったから、わっし一人さ」

—エツさんには今、娘さんは一人しかいないはずなのに。下の娘という言い方をするのは、やっぱりまだ亡くなった娘さんのことを思っているんだ……。

ツバサは少し胸が痛んだ。エッちゃんは庭に足を向けると、背負い籠を縁側におろし、ツバサに「ここに座りなよ」と手で示した。茄子《なす》がいくつか入った籠からは、長い茎をつけた里芋《さといも》の葉が顔をのぞかせている。「ずいき、少し持っていきな。おばあちゃんが干し上げて、油揚《あぶらあ》げと煮《に》つけてくれるだよ」と言って、里芋の茎を数本つかんだ。八幡野では、ずいきと呼ばれる里芋の茎を干して、煮つけたり胡麻油《ごまあぶら》で炒《いた》めて食べる。二人は置かれたずいきを間にして、からだを横に向け合う形で縁側《えんがわ》に腰をかけた。斜《なな》めに差し込む赤い薄日に、エッちゃんは目を細めて手をかざす。長居は迷惑になるだろうと、ツバサはただちに切り出した。

「今日はエツさんに、お話をしたいことがあって来ました」

「あれから、ずいぶん顔見せなかったからさぁ、どうしてまったかと思ってただよう。自由研究はうまくいったかね？」

ツバサはその言葉に、どうやらエッちゃんに話は伝わっていないようだ、と思った。ツバサはぺこんと頭を下げた。

「あの時は、ありがとうございました。先生にほめられて、学校で三人が選ばれる発表者の中に入ったんです」

「そうかい、そりゃあよかったじゃねぇ。わっしゃ、もう字イ読むのはしんどいから、また話でも聞かせてくんなよう」

「はい、実は今日、そのことでお願いがあってきたんです。少しお話ししてもいいですか？」

「ああ、わっしゃ構《かま》わねぇだよ。どんなことかね」

ツバサは、自由研究の内容をかいつまんで話をし、とくに結びにあたる部分については、念入りに言葉を重ねた。エッちゃんは、ときどき目を閉じながら、じっと話に聴き入っている。

「私は、遊び半分で言ってるわけじゃありません。どうか、エツさんの後を継ぐ海女にさせてください！」

エッちゃんは、懇願《こんがん》するツバサを見つめながら、苦笑いを浮かべた。

「今どき、空気のねぇところで仕事するって言ったら、宇宙飛行士の時代だじゃ。海女ンなりたいだなんて、ツーちゃんも変わってらあねぇ。まあ、わっしに頼まれても、決めるのは漁協と保存会の人だから、どうにもならないさぁ」

「エツさんから皆さんに、私をスイセンしていただきたいんです。お願いします。私は、エツさんが守ってきた八幡野の文化を、しっかりと引き継いでいきたいんです！」

すがりつくほど訴えてくるツバサに、エッちゃんは苦笑いを見せた。無碍《むげ》に否定をするわけにもいかないという顔つきで、やんわりと言葉を返す。

「まあ、そこまで言われたら、何か力にはなってやりたいけどよう。明日は彼岸《ひがん》だからツーちゃん、学校休みだらぁ。とりあえずもういっぺん、漁に行ってみるかい？　天気もよさそうだからさ」

「本当ですか！　ぜひ、連れて行ってください」

「ああ、九月十五日でアワビはお終《しめ》えンなったから、明日はカマサザエを採りに行くだよ。ツーちゃんはカマサザエ、見たことあるかね」

「いいえ、知りません。どんなサザエですか？」

「とにかくでっかいのさ。ちょっとした犬の頭くらいあってな」

そう言ってエッちゃんは、両手の指を軽く曲げて、目の前で二十センチほどの膨《ふく》らみを作った。

「普通のサザエは百グラムぐらいだけど、カマサザエは五百グラムを超えるようなモンだってあるだよ」

「そういえば、どっかで殻《から》は見たことがあります。あれ、昔の標本かと思ってましたが、今も採れるんですね。すごーい、楽しみにしてます！」

願ってもない展開に胸を躍らせたツバサは、新聞紙にくるまれた里芋の葉を小脇にかかえ、エッちゃんの家を後にした。ほの暗くなった路地に、街灯が落とすツバサの薄い影が走る。坂道を駆けながら振り返ると、八幡野の海に残照《ざんしょう》が薄赤く降り注いでいた。

—すっかり遅くなっちゃった。エツさんに申し訳なかったかな……と、反省なかばで家に戻ると、ミナコが帰りを待ちかねていた。ツバサは「明日、エツさんの漁に連れて行ってもらうことになったの」と、そっけなく言った。ミナコは、えっという顔つきを見せたが「そう、気をつけてね」と言ったきり、それ以上言葉を重ねてはこない。夕食の時も、家族の間でとくに漁の話題にはならなかった。

翌日、ツバサは港に向かいながら、夏休みの時とはまったく違う心持ちでいる自分に気づいた。もちろん、気候が変わったということもある。あの日は、家を一歩出ただけで、湿った空気が身に重たくまとわりついた。今日は、軽やかな風がからだを包み、水着とTシャツは赤いトレーナーとグレーのパーカーに代わっている。リュックにはビニールのカッパも入っていた。また前回は自由研究の調査でもあり、緊張さえ覚えていた。娘が亡くなったという話を、耳にした直後だったということもある。ところが今のツバサは、すでに漁を体験済みだ。しかも、海女になると心にも決めている。これが、海女になる自分にとっての初陣《ういじん》なんだ！　そんな奮い立つ気持ちさえわいてくるのだった。

ツバサが船着場に行くと、すでに船頭とエッちゃんは船の上で仕度を整えていた。船頭の手を借りてツバサが船に乗り込むと、直ちに堤防から波を切って走り出た。前の時よりスピードも上がっているようだ。

「今日はちょっと、遠くまで行くだよお。ツーちゃんは、座ってゆっくり景色でも楽しんでな」

「どこまで行くんですか？」

「ニチョウの方さ」

「あ、富戸《ふと》との境界のところですね。嬉しい！　私、この前の漁で船に乗るのが大好きになったんです」

ツバサは迷わずエッちゃんの横に座をとった。流れる景色と、頬に受ける風が季節の変化を伝えてくれる。前回も伊豆大島がこれほど近いのかと驚いたが、今日は三原山が視界にぐっと迫ってくる。ツバサにも微妙な大気の変化が感じ取れた。空はすっきりと晴れ渡り、抜けるような青が心を捉《とら》える。涼やかな風に髪をなびかせ、ツバサの胸の中に清涼な空気が走り抜けていく。すっかり魅《み》入《い》られたように風景を楽しんでいるツバサに、エッちゃんが声をかけてきた。

「船頭さんもわっしも、ツーちゃんがまた来ねぇかって、楽しみにしてただよう」

「えっ、そうだったんですか……私も来たかったんですけど、お邪魔《じゃま》になると思って、遠慮《えんりょ》してたんです」

ツバサのその言葉に、まったく嘘《うそ》はない。ただ、邪魔をする懸念《けねん》というより、エッちゃんに対する気づかいだった。もし、エッちゃんが本心から「待ってたよ」と言ってくれているのだとしたら、要《い》らぬ心配だったようである。ツバサは拍子抜《ひょうしぬ》けする気がした。

「わっしはなぁ、あン時ツーちゃんが来てくれて、嬉しかっただよう。亡くした娘が中学生くらいだった頃のことを思い出してな」

娘がツバサの年まわりだった頃、エッちゃんは高校を出た娘が、自分と一緒に漁をする日が来ることを楽しみにしていた。それで早く娘が海女の仕事に入っていけるよう、エッちゃんも折に触れ海のことや漁の仕方などを話してやっていたのである。夏に、ツバサを漁に連れていった時のように。エッちゃんの記憶の中に閉じ込められている夢見る娘の姿は、まさにツバサと同じ年頃の少女だった。

「エツさん……」

「あ、ツーちゃんごめんよう、変なこと言ってまっただな。わっしゃあ、あの娘《こ》ンこたぁ、一日だって忘れたことはないさ」

エッちゃんはツバサの肩越しに、遠くの景色を見やっていた。ツバサは返事をしようにも、言葉が見つからない。エッちゃんの顔から目を反《そ》らし、見るともなく空に舞うカモメを追った。二人が沈黙を続けたまま船は走り続け、やがてニチョウのあたりに着いたのだろう。エンジン音が低くなり、風景が止まった。エッちゃんは手際よく仕度《したく》を整え、翡翠《ひすい》のような海へ消えていく。夏の頃よりもさらに水は澄んでいて、それだけエッちゃんの姿を長く追うことができた。ツバサがしばらく泡を見ていると、船頭が声をかけてきた。

「さっき、エッちゃんに聞いたけどさ、ツーちゃん海女になりたいんだって?」

「あ、はい。そうなんです。エツさんから教えていただいて、私が引き継いでいきたいって思っています」

「そうかあ、ツーちゃん、本気で言ってるんかぁ……」

そう言うと、船頭はツバサに向けた目を落とし、船の横に浮かぶ泡を追った。

「船頭さんやエツさんからお話を聞いて、自分でもいろいろと調べてみました。カンキョー問題とか、これからの漁業のあり方とか。もちろん、まだまだ知らないことばかりですけど、しっかり勉強していきたいって思っています」

「うん、そりゃあ感心だ。まあ、わしらの時代ももうそんなに長くないし、イサムやテツ、それにマサルだっていずれ帰ってくるだろうからな。次の世代の人間たちが、この海の恵《めぐみ》をいただきながら、大事に守っていってほしいだよ」

船頭の口から、思わずマサルの名前が出たことで、ツバサは栽培漁業や、磯焼けのことなど、自由研究で調べた内容を披露《ひろう》した。船頭は、ツバサの話をうなずきながら聞いてくれ、この海で獲れる魚の種類や時期など、親切に教えてくれた。そして「ほら、あれ見てみな」といって指さした方を見ると、イルカの群れが鰭《ひれ》を海面に出して泳ぎ去っていくところだった。イルカやクジラが多い海だということはツバサも知っていたが、これほど間近で見たことはない。ツバサは、今回は行楽気分になって一人はしゃいだ。

この間、エッちゃんは何度か浮上し、サザエやシッタカが入ったスカリを船に残していく。船頭がより分けているカマサザエを見ると、ツバサの想像以上に大きかった。

―たくさん採れますように！　と、ツバサは心の中でエッちゃんに声援を送った。

途中、イサムの船が近くを通りかかり「ツーちゃん、今日は海女漁の手伝いかぁ。また今度、おかず釣りに連れていってやるよう」と声をかけてくれ、船頭と談笑していく場面もあった。ツバサにとっては二度目の漁も、まったく飽《あ》きることなく時間が過ぎていく。船頭が話してくれたことは今回もツバサの好奇心を満たしてくれ、あっという間に時は過ぎ午前中の漁から上がることになった。

「大きいのがいくつも採れたよ。二つばっかし、持って帰ンな」

そう言って、エッちゃんがツバサにカマサザエを差し出した。

「いいんですか、いただいちゃって。すっごい感激です！」と、ツバサは手に余るほどのサザエを渡された。大事そうに受け取ったツバサは、青いポリバケツに入れたサザエを珍しそうにじっと見ていた。しばらく走って船がテンマジリの磯に差しかかったところで、エッちゃんは船頭に「ちょっと止めてくれよう。今日は海ン中も温かかったから、そんなにからだも冷えてないさ」と声をかけた。目の前にアカネの岬が見えるので、八幡野港とニチョウの中ほどあたりだろうか。船足が止まると、エッちゃんは海面を見やり、ぽつりと呟《つぶや》いた。

「わっしの娘がなぁ、三十年前に溺《おぼ》れてまったのは、ちょうどこのあたりさ」

「…………」

ついさっき、大漁でわいた小船に、とつぜん別の空気が流れはじめた。ツバサは、黙ってエッちゃんの次の言葉を待った。

「海ン中で岩が複雑になってるところがあってな、ホースが外《はず》れて、泡ぁ食ってまったただよ。命綱が岩に引っかかってな。わっしが一緒に潜る時に、いつもいちばん気にかけてたことだったさ。ツーちゃんみたいに心が優しくてな、とことん親想いの娘じゃった。あの日も、母《かあ》さんが畑に出るんなら、漁を休め。自分が行ってくるからってな……」

そう言うとエッちゃんは、ううっと小さく嗚咽《おえつ》を漏《も》らした。目には涙が光っている。

「あの時分、わっしの家は貧しくてなぁ、朝から晩まで働きづめだっただよ。漁から帰ったら畑やって。一日たりとも、のんびりした日はなかったさ。この手なんかも、岩で引っかいて、畑で土いじって、いつもぼろぼろンなってよう。だからわっしゃ、あの娘にゃ畑はやらせなかったさ。あの娘は、そんなわっしの肩を揉《も》んでくれたり、手にクリーム塗って、労《いたわ》ってくれてな。それでもって、自分が早く一人前の海女になるから、母さんは畑だけやってればいいって言ってくれたのさ。今でもあの娘の手の温もりが、ここに残ってるだよ」

そう言ってじっと掌《てのひら》に目を落とすと、エッちゃんは慟哭《どうこく》しはじめた。

「だからなぁ、言ってみればわっしが死なせてまったようなモンさ。まだ覚えたてのあの娘を、一人でこんなところに来させてよう。どんなに心細かったじゃろ。どんなに怖かったじゃろ。きっと何度も何度も、おかあさん助けてって叫んどったはずじゃ。あの娘ンこたぁ、悔やんでも悔やみきれないだよう！　代われるんだったら、わっしが代わってやりたかったさ」

エッちゃんはすっかり涙声になり、ツバサに向ける目は光を失っている。

「わっしゃ、一日たりともあの娘のことを忘れた日はないだよ。この頃は、いつだって早くあの娘ンところへ行ってやりたいって思ってるさ」

すすり泣きをはじめたエッちゃんは、両手の中に顔を埋め、しばらく肩を振るわせた。ツバサはかける言葉も見つからず、悲しみにくれるエッちゃんと胸のうちを分かち合う。ツバサの目からも大粒の涙がこぼれていた。

ややあって気を取り直したエッちゃんは、涙に濡《ぬ》れた顔をあげた。身にまとっていたバスタオルの端で涙を拭《ぬぐ》うと
「船頭さん、歌っていくかね」

と声をかけた。船頭は
「ああ、歌いなよう」

とうなずいた。エッちゃんはツバサに言った。

「あの娘には、将来を約束した恋人がいてなぁ。ギターの上手い人で、あの娘の歌まで作ってくれただよ。『海を翔《か》ける天女《てんにょ》』っていう題名をつけてくれてな。その歌を、わっしはあの娘と船の上でよく一緒に歌ったものさ」

そう言うとエッちゃんは、ゆっくりと歌いはじめた。船頭も耳にしているうちに覚えたのだろう、途中から声を重ね、小さな混声合唱になった。

朝焼けの海に　貴女《あなた》を乗せて
小船行く波が　遠くに消える

今日はハシダテ　サイツナ　明日は　イヌオトシ

深い闇に　たった一人で　舞い降りていく
あなたは天女　水をかき分け　ひらひらと
あなたは天女　海を一人で　翔《か》けまわる

磯笛を鳴らすエッちゃんの声はよく通り、ツバサにも歌詞がはっきりと聴き取れた。どこか悲しげなメロディーが胸にせまり、夢を求めて海を翔け回る天女という描写が、ツバサの心に焼きつけられる。美しい純真な娘が、海底をしなやかに舞い泳ぐ姿を、ツバサは脳裏に描いた。だが、娘は求めた夢を一つもかなえられず、この世を去ったのだ。思うほどに切なく、ツバサはしゃくりあげはじめる。エッちゃんは歌い終わると、少し落ち着きを見せて、いつもの口ぶりに戻った。

「あン娘が亡くなって、男の人は、そりゃあ悲しがったさ。休みになると浜に来てなぁ、来る日も来る日も、ギター弾いて歌ってただよ。一年以上は続いたかな。やっと最近になって結婚したって聞いたけど、二十五年以上も一人身を続けたのは、あの娘ンことをずっと思ってくれてたからじゃないかって思うだよ。それからまた、別の歌を作ってくれてな」

エッちゃんは、海に向けていた視線をやや上に送って再び歌いはじめた。

夕暮れの海に　貴女は眠る

潮騒《しおさい》は歌う　別れの調べ
磯は貴女の面影《おもかげ》　きっと　忘れない
光る海に　たった一人で　眠りについた

あなたは天女　海を愛して　翔け抜けた
あなたは天女　竜宮さまと　守りゆく

「竜宮さまはな、わっしら八幡野の漁師の守り神さ。港の上の崖《がけ》ンとこに祠《ほこら》があるだらぁ。あれからは、ずっとあの娘と一緒に見守ってくれてるのさ」

エッちゃんはそこで口をつぐみ、遠くの空を見やった。ツバサは、船べりで小さくさざめく波に目を落とす。海底に、ひとり取り残された娘の恐怖と孤独は、どれほどのものだっただろう。同情と哀切《あいせつ》で、ツバサの胸はきりきりと締め付けられていく。しばらくの沈黙を経て、エッちゃんは再び言葉をかけた。

「さっき、ツーちゃんが来なくなって、残念だったたって言ったじゃよう。娘のことを思い出して、嬉しかったからって。そりゃあ、本心じゃ。だから、ツーちゃんが海女になりたいって言うのは、わっしとしては嬉しいことなのさ。わっしも、残り少ない人生、ツーちゃんと一緒に潜って、漁のことなんか教えてやれたら、どんなに張り合いがあるか、思っただけで幸せな気になるさ。だけど、ツーちゃんのおじいさんのこともあるから、おばあちゃんやテツだって複雑じゃねぇかと思うだよ」

ツバサの顔を見詰《みつ》めるエッちゃんの目に、微《かす》かな光が射した。祖父のことを、どこまで知っているのかを、探っているようにも感じられる。

「おじいちゃんのことって……やっぱり、おじいちゃんがエツさんの娘さんを船に乗せていたんですか？」

ツバサの問いかけに、エッちゃんは意を決したような顔つきをした。

「そうさ。わっしもあン娘《こ》も、いつもツーちゃんのおじいさんに乗せてもらっていたのさ。気持ちのあったかい人でなあ、わっしらぁ、よくしてもらったモンさ」

「私、初めて聞くお話です……」

ツバサの言葉に、エッちゃんは小さくうなずいて続けた。

「おじいさん、それからすっかり落ち込んでまって、自分も必死で命綱を引いたけど、力及ばず死なせてまったってな。毎日わっしのところに謝りに来てただよ。もちろん、わっしゃ責めたりゃしなんださ。ありゃあ、事故だったんだから。それに海ン中のことさ。もし防げたとしたら、わっしがそこにいることだけだったただよ。だから、ついていなかったわっしが悪かったたって、今だってそう思ってるさ。だけどツーちゃんのおじいさんはな、いつまでも気に病んで、結局自分で自分の命を絶つことになってまっただよ」

「えっ。お、おじいさん、自殺したんですか？」

思いがけないエッちゃんの言葉に、ツバサは息を呑《の》んだ。そして、海女になりたいと自分が言った時の、テツとミナコの困ったような顔つき。そして、祖母の悲しげな表情が蘇った。エッちゃんは続ける。

「いや、じっさいには自殺じゃねぇけどな、自殺みたいなモンさ。あれ以来、酒びたりになってまってなぁ。一年もしねぇうちに体壊《こわ》して、逝《い》ってまったのさ。わっしも、よけいに悲しかっただよ。だから、三年以上も潜れなくてなぁ。それから下の娘にかかってるうちに、海へ戻ってこられる気力がついたのさ」

「そうだったんですね。私が海女になりたいって言った時、家の人たちはみんな、困ったような顔をしていて……。今、エツさんにお話を聞いて理由がわかりました」

「とつぜん働き手を失ってまったモンだから、ツーちゃんのおばあちゃんも、大変な思いをしたさ。旅館や保養所の下働きなんかしてなぁ。テツだって、家が貧しくなってずいぶん苦労しただよ。そういうことを思うと、あれは本当に悲しい事故だった。今考えても、誰も悪くなんかない。あれがあの娘の運命だっただよ。ただ、みんなつらい目にあっているから、二度と身内で不幸を出したくない。だからツーちゃんが海女になりたいって言っても、だれも素直に合点《がてん》できないのさ」

祖父の話をしたエッちゃんは目を落とし、再び大きくため息をついた。ツバサはじっと足元を見たまま、テツとミナコ、そして祖母のことを頭に思い浮かべていた。ほどなくエッちゃんが

「船頭さん、帰ろうか」

と言って、船は港に向けて舵《かじ》をきった。ツバサは放心したように磯の方を見ていたが、景色は何ひとつ目に入ってこなかった。

家に帰ると、ミナコが「漁はどうだった？」と声をかけてきたが「うん、楽しかった」と伏目《ふしめ》がちに答えた後「これ、エッさんにもらったから」と言って、カマサザエを二つ手渡した。

「すごい！　大きいわねえ」というミナコの驚く声を背中で聞き、ツバサは自分の部屋に駆け上がった。

いずれにしろ、昼食で皆が顔を合わせるのである。ツバサは、その時自分は何を話せばいいのか、考えあぐねていた。どのみち、今日の漁の話になるだろう。そうなると、自分が見聞きしたことを話すほかはない。ツバサが海で触れたものは、紛《まぎ》れもなくこの家のパンドラの箱だった。しかも、箱をのぞき見ただけではなく、家に持ち帰ってきてしまったのである。それは誰もが触れたくない、わざわいの種だった。ツバサはそれを抱《かか》えたまま、どう処理をすればいいのか判らず、ひとり持て余している。

エッちゃんから聞いた祖父の話を持ちだしたら、家の誰をも傷つけるだろう。ツバサは悩んだ。だが、幸いテツは仕事で出かけており、祖母は既に食事を済ませて出かけたということで、ミナコとヒデと、三人だけの食事になった。ツバサは少し気が楽になり、ミナコにエッちゃんから聞いた話のさわりを口にした。

「今日、エツさんからおじいさんのこと聞いたよ」

煮物の皿に手を伸ばしながら、ぽつりとツバサが言うと、ミナコはかるく目をしばたかせた。

「そう、話してもらったって、何を？」

「うん、エツさんの娘さんの船に乗ってたお話とか。その後のことも少し……」

ツバサの重たい口ぶりに、ヒデも深刻な気配を感じたのか、いつものように軽々しく割り込んでこない。ちらとツバサを見て、玉子焼きを箸《はし》でつかんだ。

「お父さんに、今日のことどうやって話そうかなって思ってるんだけど……」

ミナコは少し考える素振りを見せたが、何事もなかったようにさらっとした口調で答えた。

「とくに、ツーちゃんから話す必要はないと思うよ。お母さんから言っといてあげるから。ツーちゃんも、こんどエツさんに会った時は、今日のお礼を言うくらいにしておいたら。もう昔のお話だし、お父さんが前に言ってたみたいに、あまり思い出させないようにしてあげた方がいいんじゃないかな」

ミナコの言葉に、ツバサはふっと肩の力が抜け、「うん、そうする」と素直にうなずいた。ツバサはさっと昼食を済ませ、家を出ると東ノ浜に足を向けた。浜辺に腰をかけ、ツバサはひとり、海を眺《なが》めるともなく眺める。自分でも、なぜここに来たのか、その理由がわからない。もしかしたら、アッコがいることを期待したのだろうか。アッコに話を聞いてもらえると、どこか救われるような気がする。だが、閑散《かんさん》とした浜には数人のダイバーの姿があるだけだった。そうしているうちに、港でエンジン音がして、エッちゃんを乗せた船が堤防から離れて行くのが見えた。

—エッさん、午後の漁に出るんだ！

ついさっきツバサの前で、自分の娘と祖父の思い出話をして、涙にくれたばかりのエッちゃんである。ツバサはその話を聞いただけでも、激しく動揺した。だが、当事者のエッちゃんは、今また気持ちを立て直して漁に出かけようとしている。ツバサは、エッちゃんというひとの心の強さに、改めて驚嘆した。とともに、自分自身が萎《しお》れている場合ではない。直接関わってもいない自分が、テツやミナコ、そして祖母に余計な心配をかけるようでは、申し訳が立たないのではないか。

—自分が悩んだところで、何も救われやしない。今は自分自身のするべきことに、しっかりと打ち込むことだ……。

ツバサに前向きな思考が、ゆっくりと戻ってきた。

その時ふと、足元に落ちていた花火の残骸《ざんがい》がツバサの目に入った。

—花火……。そういえば今年はなかったな、花火大会……。

八幡野の港では、毎年お盆の時期に花火大会が開かれる。港の堤防から海に向かって豪快《ごうかい》に打ち上げられる花火は、乗り初《ぞ》めや秋祭りとともに、観光客にも親しまれているこの町の大きな行事の一つである。ツバサは横浜に住んでいる頃からその日を楽しみにしていた。昼間に一家で祖父の墓参りをし、早い夕食を済ませると、ヒデと一緒に海女小屋の前に陣どるのが常だった。しかし今年は震災のため、花火大会は中止になったのである。盆のお墓参りには、祖母と両親は出かけたのだろうが、ツバサは行かなかった。たまたまその時、家にいなかったのかもしれない。ツバサは悲運に遭《あ》って逝《い》った祖父に対して、とつぜん申し訳ない気持ちがこみあげてきた。

ツバサは腰を上げると、墓地へ続く坂道を歩きはじめた。一本松に行く手前の脇道を抜け、歩いてほどない木立の中に建つ古寺に、先祖の墓地はあった。墓までつけられたけもの道のような歩道は、脇が低い雑木林なので見通しがきく。遠くに広がる青い海には、伊豆大島に向けて点々と小さな船影が浮かんでいた。ツバサが、あれはエッちゃんの船だろうか……、と思いながらゆっくり歩を進めると、木立ちの間からうっすらと線香の香りが漂ってきた。あたりに人気は感じられず、足元で鳴く虫と、出遅れたツクツクボウシの声が聞こえてくるばかりである。真っ赤な彼岸花《ひがんばな》が目印になる小さな墓地の入口に立ち、誰か来ているのかな……とツバサが首を伸ばして奥を見ると、祖父の墓の前にひざまずいているひとが目に入った。

「おばあちゃん……」

ゆっくりと近づいて背中越しに声をかけると、肩をぴくりとさせた祖母がからだを向けた。

「ツーちゃん、来てくれたんか。ありがとな。今日はお彼岸だから、じいさんも喜ぶだじゃ」

そう言って祖母は、線香と菊の花が供えられた祖父の墓をふり返った。

「今、浜で海を見ていたら今年はお墓に来てなかったなって思い出したの」

「そうそう。お盆の日の昼間、ツーちゃん家にいなかったからな。ヒデに留守番させて、わっしらだけで来たのさ」

「ごめんなさい、忘れちゃってて……」

アッコと会っていた時かなと思いながら顔を上げると、視界の先にふと立ち昇る、細い線香の煙がツバサの眼に入った。黒ずんだ祖父の墓石から五つほど数えたあたりだろうか、同じような質素な石造りの墓には、やはり菊の花が活《い》けられている。ツバサの視線に気づいた祖母が言った。

「あれは、エッちゃんの家の墓だじゃ。もちろん娘さんもねむってるさ。いつもなあ、じいさんの月命日《つきめいにち》にはわっしが二人に花ぁ供えてな。それでもって、娘さんの月命日がちょうど半月あとくらいで、エッちゃんが来ておんなじように供えていく。だからふたつの墓には、花が絶えたことはないだよ。もちろん約束なんかしたわけじゃない。知らんうちに、そうなってたのさ」

「そうだったんだね。おばあちゃん、よくお墓に行くなって思っていたけど……」

「まさかなぁ、エッちゃんも娘さんがツーちゃんの年頃ン時に、墓に入ってまうなんて思ってもなかっただらぁ。エッちゃんにとっちゃ、もう一人の娘さんが元気に育ったのが何よりの救いさ」

そう言って祖母は、腰をのばして遠く海の方を見やった。

「さっき、エツさんからおじいちゃんのことを聞いて、びっくりしちゃった。それで、おじいちゃんも可哀想《かわいそう》だったなあって……」

祖母は「そうかい、聞いたかね」と口の中で呟《つぶや》いた。

ツバサは、次にどう言ってよいのか判らず「おばあちゃんは、エツさんとはよく話をするの？」とたずねると、しばらく間をおいて祖母は言った。

「エッちゃんはわっしより二つ上でな。娘さんの事故がある前は、よく行き合ったもんさ。だけど、あれ以来はな。ほとんど話はしなくなったさ。まあ、最近じゃあ出会ったら二言三言、挨拶《あいさつ》くらいは交わすようにはなったけど、どうしても思い出してまうからな」

娘を死なせてしまった夫を持つ女と、娘のために夫の命を縮めさせたと罪の意識を抱く女が出合えば、お互い気まずい思いをするに違いない。ツバサには、二人の気持ちが判るような気がした。それぞれの相手に対する想いは、せいぜい墓前に手向《たむ》ける花に託すのがやっとだったのだろう。祖母の話を聴きながらツバサは、もしかしたら自分が二人の間に入って気持ちをかき乱しているのではないか、そんな不安にかられはじめた。

—おじいちゃん、私は海女になるべきじゃないのでしょうか……。ツバサが祖父の墓に向かい、胸のうちにたずねた時、祖母は意外なことを言いだした。

「ツーちゃんがな、エッちゃんの船ン乗ってくれてよかったなぁって思ったさ。わっしが声をかけられないぶん、代わりに気持ちを通じてくれてるみたいでな」

「えっ、でも私が海女になることを、おばあちゃんもエツさんも本当は反対なのじゃない？」

ツバサは祖母の言葉に驚いて、とっさに問いかけた。祖母はツバサの方に向きなおって、まっすぐに目を見ながら言った。

「エッちゃんの本当の気持ちはわからんけど、わっしは反対も何もないじゃよ。そりゃあ心配はあるけンど、そこはツーちゃんの生き方だじゃ。海に関わっていきたいってのは、やっぱりじいさんの血イが流れてるんだろうな。まあ海の仕事は海女だけじゃないから、これからゆっくり時間かけて考えていったらいいさ」

「……」

「テツも結局、この町に帰ってきたンはそういうことだらぁ。テツが横浜へ行った時、わっしにも来ないかって言ったけど、そんなのは本心じゃないって判ってたしな。だいたいわっしが横浜行ったら、じいさんが悲しがるだらぁ、ハッハッハ」

祖母は、こんどは小さく笑い声を立てた。

「でも、おばあちゃん一人で寂しかったんじゃない?」

「そりゃあもちろんさ。だけど、テツが元気に働いてくれてたらそれが一番だじゃ。ときどき横浜から金を持って来てくれてたしな。それでもってミナコさんもらって、ツーちゃんが生まれ、ヒデが生まれて、そのたんびにわっしはじいさんに知らせに来たモンさ。だから三年前にみんなで帰ってくるって聞いた時は、天にも昇る気持ちで報告しに来ただよ」

そう言って祖母は、しんそこ嬉しそうな顔つきをした。目尻には、うっすら涙が滲《にじ》んでいる。

「じっさいテツが育ちざかりの時はな、生活も苦しいこともあったさ。テツはヒデなんかよりもようけ食ったから。だけンどわっしがいない時に、玄関先に魚やらサザエやら、それに野菜なんかが置いてあってな。月にいっぺんか二へんくらいかな。エッちゃんやイサムの父さんが寄ってくれた印だったさ。そうやって、周りのみんなにも助けられて、何とか暮らしてきてただよ」

「そんなことがあったんだね。エッさんて本当に優しいんだ……」

「こんな狭い町だからな。お互いの暮らしのことは手に取るように判るのさ。エッちゃんはあんなにつらい思いをしながら、人のことまで気づかってくれただよ。だけどわっしは何にもお返しできるモンがなくってなぁ。だから今、テツがああやって町の人ンたちのために働いてくれてることが、本当に嬉しいのさ」

そう言って祖母は遠く海の方を見やると、「風が変わったな」と、ぽつりと呟《つぶや》いた。ツバサにも、海からの風がいくぶんつめたくなったように感じられた。

「今日は夕方ンなると雨が降るって言ってただらぁ。まだしばらくはもつんだろうけど、そろそろ引き揚《あ》げることにしようか」

そう言って、祖母は足元に置かれている花の束に手を伸ばした。ツバサはすぐにしゃがみこみ「おばあちゃん、私がやるから」と、生気がわずかに残っている活け代えた花とむしられた草を、空のバケツに移しはじめた。花をバケツに入れる時、ツバサはエッちゃんの気持ちを思いやりながら、大事そうに扱った。それから祖母に待ってもらい、エッちゃんの娘がねむる墓の前に行き手を合わせてきた。

「船も早上がりするみたいだじゃ」

祖母の言葉につられてツバサも海の方に目をやると、港に向かって船が二艘、航跡を描いている。まだ日暮れまで間はあるが、雨が来る前に引き上げるということなのだろう。伊豆半島には千メートル級の天城連山《あまぎれんざん》が中央に走っているため、このあたり一帯は海からの湿った風が山に当たり、天候が急変することがままある。

「テツは今日、沼津まで行ってるからひどく降らなきゃいいけどな」

ツバサは以前、学校の帰りに大雨でずぶ濡《ぬ》れになった思い出話をしながら、祖母の足どりを気づかい腰に手を添《そ》えるようにして林の小道を歩いた。祖母は、一本松脇の竜宮さまの祠《ほこら》の前に来ると足を止め、うつむいて手を合わせた。ツバサも手に持っていた柄杓《ひしゃく》をバケツの中に収めて下におろし、両手を合わせる。

—もう二度と、悲しいことがおきませんように……。ツバサはひとり静かに祈りをささげた。

十四

その日の夕食は、テツの用事が少し長引くということで、いつもより一時間ほど遅くなった。だがツバサにとってはかえって好都合で、気持ちの落ち着きを取りもどす間を作ってくれたように思える。祖母から聞いた昔話の余韻《よいん》も心に残っていた。やがて、夕方から激しく降りはじめた雨に、頭をびっしょり濡《ぬ》らしたテツが帰って来たのは七時過ぎになってからのこと。墓参りで疲れたからと、ひとり先に食事を済ませた祖母は既に床に就《つ》いていた。四人が食卓に顔を並べた時には、ツバサにも普段の笑顔が浮かんでいた。ツバサはテツに、今日の漁でカマサザエを初めて見たときの感激を、「こんなに大きかったんだよ！」と、身振りを交えて話すまでになっている。ミナコが「はい、そのサザエ。今日はとびきりの炊き込みご飯だよ」と言って、大粒のサザエがふんだんに盛られた湯気の立つ飯椀《めしわん》を並べ始めた。

だがその時、とつぜん家族の団欒《だんらん》に影がさす事態が起きた。それは、一本の電話がきっかけだった。電話に出たテツの口ぶりが、いつになく緊迫感を漂わせている。

「なんだって！　それで、警察の方もまったく手がかりはないっていうのか？」「他の心当たりなんか、ぜんぶ連絡してあるんだな」「うん、ツバサは夕方前からは家にいたみたいだけど、いちおう聞いてみるさ」「まあ、あんまり悪い方ばっかり考えないようにな。何かこっちでできることあったら、言ってくれればいいから」

ただならぬ気配を伝えるテツの言葉に、ツバサとミナコは、不安げに顔を見合わせた。やがて電話を切ったテツが、茶の間に戻ってきた。

「サキちゃんが行方不明なんだって。ときどき遅くなることはあるらしいんだけど、今ごろはどんなに遅くても日が落ちる六時を過ぎるようなことはなかったって。あたり前だけどキヨシ、えらく心配してたな。外はまだひどく降ってるし。それにサキちゃんは今、携帯電話を持っていなくて連絡もつかないらしいんだ。警察も動いて、ほうぼうの心あたりに連絡してるそうさ。ツバサは今日、サキちゃんに行き会ったか？」

「ううん、今日は会ってないよ。エツさんの漁に連れてってもらって、帰ってからもう一回ちょっと港に行って。それからお墓参りして、おばあちゃんと一緒に帰ってきた後は、ずっと家にいたから」

今日の行動を思い出しながら時計を見ると、すでに八時に近い。確かに、尋常《じんじょう》なことではないだろう。ツバサは、ときどき中学生や高校生が被害者になるニュースを頭に思い浮かべた。サキが同じような目に遭《あ》っていなければいいのだが……。無事を祈るとともに、自分自身がもし事故などに巻き込まれていたらと思うと怖ろしく、どれほど家族が嘆くだろうかと胸が締めつけられた。その後、サキが出入りしそうな店のことや、友達の家はどの辺だったか。明日からはツバサも気をつけるように、などと言い合ううちに、食卓に重くるしい空気が流れた。ツバサは冷めたサザエご飯を口に運んだが、喉につかえそうな気分である。いつの間にか祖母も、寝床から起き出して心配そうな顔を見せている。だが、時計の針が九時を指した頃、再び電話が鳴り、テツが飛びついた。

「そうかあ、よかったじゃよう！　ウチでも心配してたさ」「えっ、大川のホテルで？　何でまた」

「熱川《あたがわ》の風車？　ああ、山ン中に迷いこんでまったんだ。ひどい雨だったからなぁ。うん、すぐに行ってやりなよ。えっ、携帯電話？　ハハハ、そりゃあ自業自得《じごうじとく》だな」

電話を終えると、テツはほっとした顔をして戻ってきた。

「サキちゃん、つい今しがた、大川の山ン中にあるホテルから電話が入ったって。詳しいことまでは聞いてないんだけど、熱川の風車を一人で見に行って、その帰りに雨宿りなんかしてたら道に迷ってまってな。ついさっきホテルにたどり着いて、そっから電話してきたらしい。サキちゃんの携帯電話、キヨシが三カ月前に取り上げたところだったんだって。あんまり夢中になってるから、高校に入るまではお預けだって。キヨシ、せめてその前だったらって笑ってたよ」

大川とは、八幡野と熱川のほぼ中間に位置するひなびた温泉地である。海岸沿いに八幡野からは五キロほどの距離であるが、山に入ってしまうと道が複雑につけられ、平時でも不案内な者には抜け出すのは容易ではない。まして、突然の大雨に降られたら往生《おうじょう》するのは自然の成り行きである。

「とにかく良かったわ。それでキヨシさん、今から迎えに行かれるのね？」

同じ年頃の娘を持つ親として、気が気ではなさそうだったミナコの顔がぱっと明るくなった。

「ああ、今すぐに飛んでいくって。本当に、何ごともなくて安心しただよ」

ツバサは風車と聞いて、風力発電を調べた三年生の自由研究を思い出した。サキが発表を聞いて見に行きたくなったのだろうか。ツバサも風力発電の設備を見たことがないので興味をそそられた。

—そうだ、こんど、お父さんに頼んで連れていってもらおう……。サキの心配が消えたので、そんなことを心の中で思っていた。

当のサキはこの日、昼食を食べてから一人歩いて熱川の山中に作られた風力発電施設を見に行った。休日とあって、両親は仕事に出かけていて留守である。地図で見ると熱川までは十キロほどの距離なので、ゆっくり歩いても往復三、四時間といったところだろう。二人が帰る前には戻って来られると見当をつけた。サキの頭の中には同級生の自由研究発表が残っており、実際に風車を自分の目で確かめてみたくなったのである。友人を誘おうとも考えたが、それでは自分たちの冴えない自由研究の延長のようにも思えて気も萎《な》える。一人で行くことにした気持ちの奥には、サキにしては珍しい知的な冒険心のようなものがわいていたのだった。

実際に、人影もない寂寥《せきりょう》とした緑の高原に立てられた風力発電設備は、自分が想像していたものとはかけ離れていた。海からの微風に、巨大風車がゆっくりと羽根を回しているさまには、不思議な感動さえ覚える。—こんなに大きいんだ……。風ぐるまを連想して、サキはもう少し小さな羽根がぶんぶん回っている景色を思い描いていたのである。無機質な風力タービンから生み出される電気の不思議、科学の偉大な力が胸に迫ってきた。そしてどっしりと風に立ち向かう風車が、ふわふわ生きている自分に対して、何かを語りかけてくるような気がした。サキは、風車を見上げてその間を何度も行ったり来たりして、時には草むらに座って遠くの海を見ながら、こうした時間も悪くないと、時が経つのを忘れて過ごした。

そうしているうちにふと気がつくと、日が落ちかけた西の空から暗雲がしのび寄ってきている。ほどなく激しい雷鳴とともに、鋭い稲光《いなびかり》が空を引き裂いた。大地を叩《たた》く雨は、地元の人間が「伊豆の雨は下から降ってくるだよ」とさえ言うほどである。裾口《すそぐち》から飛び込んでくる水は、たちまちサキのスニーカーからあふれ出た。

サキは、風力発電設備がときどき落雷に見舞われる事故が起きるということを、自由研究の発表で聞いたのを思い出した。また八幡野周辺では、原生林の高木にも雷が落ちることがあり、激しく切り裂けた大木を見たことがある。サキはどうしてよいかわからず、とりあえず雨がしのげそうな低木の林を探して歩いた。幸い崖下《がけした》に、雨が降り込まない穴ぐらのような場所を見つけたので、そこへ避難をした。サキは空に轟《とどろ》く雷鳴と稲光にふるえ、目の前を川のように流れていく泥水《どろみず》を見ながら、寒さと恐怖に耐えた。そして、こうなったのも日ごろの不真面目《ふまじめ》な生活態度に天罰《てんばつ》が下ったのだと自分を責めた。

一時間あまり経つと、やっと雷の音は遠くなっていったが、雨足は一向に弱まる気配がない。そのうち、とっぷりと日が暮れて闇が濃くなった頃、こうしていても事態は変わらないと思い直して、サキは半べそをかきながら雨の中に飛び出していった。しかしどこかで分岐点を見誤り、道に迷ってしまったのである。民家もない九十九折《つづらお》りの山道を、上ったり下ったりしているうちに、サキはどんどん心細くなっていく。疲労と空腹で足もおぼつかなくなりはじめた時、雨に滲《にじ》む小さな明りが遠くに見えたので、無我夢中で走り込んでいった。ホテル従業員の中年女性は、濡《ぬ》れ鼠《ねずみ》になったサキから事情を聴くと、直ちに家へ電話をかけるように言い、「おうちの人が来るまで、お風呂に入って温まりなさい」と温泉に入れてくれた。サキは寒いという感覚さえ忘れかけていたのだが、体は芯《しん》まで冷え切っている。お湯につかって、やっと生き返った気持ちになった。風呂から出たサキが、ぱりっと糊のきいた浴衣を身につけ、脱衣場に置かれていた紙パックの牛乳を手にして浴室を出ると、ロビーで従業員に頭を下げているキヨシの姿が目に入った。サキは思わず駆け寄るとキヨシの大きな背中にすがりつき、人目をはばからずに泣きじゃくった。こうしてサキの小さな冒険は、ひととき大人を騒がせただけの顛末《てんまつ》となった。

その夜、ツバサは自室に戻ると、アッコにメールを打った。数日前、自由研究の発表後にメールを打ったきりで、もうずいぶん会っていない。久しぶりに、アッコと話をしたい心境になっていた。

—こんばんは、アッコさん。今日は、エッさんの船に乗せてもらって、漁に行ってきました。漁では、カマサザエという大きなサザエが採れました。ベガの頭くらいの大きさで、びっくりです。あと、おじいさんの思い出話なんかもしてもらいました。アッコさんは、こちらへお散歩に来ることはありますか。また、お話できたら嬉しいので、来るときにはメールをくださいね。

アッコからは間をおかず、すぐに返信が来た。

—ツーちゃん、久しぶりです。私もツーちゃんに会いたいって思っていました。来週は、模擬試験があるのでゆっくりお散歩ができません。でも、金曜日には終わるから、日曜日はどうかしら。雨が降ったら、ウチでお話をしてもいいですよ。ベガの頭くらいのサザエって、すごいね。漁のお話を聞かせてもらうのを、楽しみにしています。

アッコのメールを読んで、ツバサはその日を心待ちにした。ツバサは今、自分の気持ちを整理できないまま悶々《もんもん》としている。生涯はじめてと言ってよいほど、ツバサは精魂《せいこん》込めて一つことに打ち込み、自分と八幡野の海の行く先を照らしてみせた。苦心の成果は周りからも認められ、ツバサはいわば得意の絶頂に立った。しかし自ら描いた未来は、父親と祖母の悲痛な過去をえぐり出すという、皮肉な運命の綾《あや》を織り成していたのである。ツバサは、大人たちの世界にひそむ闇の暗さにおののいた。この暗がりは、いったいどこまで深いのだろうか。ツバサは自分が放つ光に心もとなさを覚え、この先何をたよりに歩んでいけばいいのか判らなくなり、アツコに救いを求める気持ちになっていたのである。それから一週間、ツバサはアツコに会う日を、指折り数えて待った。

ツバサはアツコに、このところの出来事と自分の心境をかいつまんで話をした。

「そうだったの、いろいろとあったんだね……」

ツバサの気持ちに寄り添《そ》うような口ぶりでそう言うと、アツコはちょっと待っててねと言って部屋を出ていった。ここ数日、秋の長雨が続き、この日も朝から小雨まじりの肌寒い天候である。ツバサは約束どおり、アツコの部屋に招かれていた。別荘地の一角にあるアツコの家は洋館風の古い建物で、アツコの部屋はゆったりした広さを感じられる。ツバサは部屋の真ん中あたりに置かれたテーブルの前に腰をおろし、机の横に積まれた参考書類や、難しそうな本がならぶ本棚を見やった。机の脇には、パソコンも置かれている。教科書の他は、ハリーポッターなど数冊の本と、マンガしかないような殺風景な自室の様子とかけ離れていることに、ツバサは気おくれした。高校三年生になったときに、自分はどれだけアツコに近づいていることができるのだろうか。想像すれば気が遠くなる。ツバサがぼんやりと本棚を眺めていると、アツコはほどなく戻ってきた。

「はい、フルーツ寒天《かんてん》よ。つめたいうちに食べて」と言って、アツコはグラスを二つテーブルに並べて蜜《みつ》をかけた。アツコの言葉に促されて見ると、カットグラスの中で涼やかに固められた半透明な寒天の中には、オレンジやキウイなど色彩豊かに果物があしらわれている。「果物を刻んで、テングサを煮詰《につ》めて固めたものよ。お母さん、夏によく作ってくれたんだ。今日はツーちゃんに会いたがってたんだけど、どうしても東京に行く用事があって。せめてこれだけはって、作っておいてくれたの」

さっそく口に入れてみれば、甘い蜜と果物の酸味が溶けあい、寒天がぷりぷりした絶妙な舌ざわりを加えてくれる。エッちゃんが「テングサは手間ぁかかるのさ」と言っていたことを思い出し、アツコの母親の気配りにほっと気持ちが温かくなった。アツコが「果物だけじゃなくてね、岩のりを固めてポン酢をかけて食べてもおいしいのよ」と言うのを聞いて、いつか浜でテングサを拾ってきてミナコにも作ってもらおうと思った。二人は、おいしいねという目を交わしながらスプーンを口に運んだ。ひと口ひと口、じっくり味わうツバサが食べ終えるのを待っていたように、アツコは静かに切り出した。

「ツーちゃんが海女になりたいっていうこと、おじいちゃんのお話を聞いたからって、その夢を捨てることはないと思うわ」

「えっ、そうですか……。それはどうしてですか?」

「うん、私の考えが間違ってるかもしれないんだけど……」

アツコはいったん言葉を区切り、もう一度考える仕草をしたが、しっかりとツバサの目を見据《す》えて続けた。

「いきなりツーちゃんの決意を聞かされて、最初はご両親やおばあちゃんは気持ちが沈まれたでしょうね。おじいちゃんのこともあったわけだから。だけど、ツーちゃんの人生は、ツーちゃんが自分で決めて歩んでいくことだから。本当にそれが自分の出した結論であるなら、変える必要はないと思うの。皆さんに応援してもらうように、話し合いを続けていけばいいんじゃないかな」

「私が出した本当の結論だったら……ですね」

「そう、確かに海女のお仕事は、他の仕事に比べて危険が伴うかもしれないよね。まして身内の方が事故に遭《あ》われているのだから、なおさらご両親は心配をされるでしょう。でも、海女だけじゃなくて、危険はどこにでもあるのが今の時代よ。今年の地震だってそうだし。こんなこと考えたくないんだけど、若い女の子が、いきなり悪いやつに狙《ねら》われて、不幸な目に遭《あ》ったりするじゃない」

「嫌ですよね、このごろ変な人が多くて」

ツバサが思わず眉をひそめるのを見て、アツコは一呼吸おいて続けた。

「まあ、それは特別な場合だとしても、いくら安全な道だって考えても、その通りに進んでいかないのが、人生なんじゃないかな。だったら繰り返しになるけど、ツーちゃんが心からその道に進みたいって決めたら、迷わなくていいと思うわ。その気持ちが、きっと少々の困難だって吹き飛ばしてくれるから」

「心からそう思う気持ちが、困難を吹き飛ばしてくれる……」

ツバサは、アツコの言葉を心の中で繰り返した。

「それにね、ツーちゃんには前に話したことがあるんだけど、私の夢は市長になること。だけど、それは手段であって目標ではないって言ったでしょ」

「はい、覚えています。アツコさんは、伊東の町をもっとみんなが住みやすいようにしていくのが目標だって」

「そう、私は一生の目標として抱《いだ》き続けていくつもりだわ。で、それをツーちゃんに当てはめて考えてみるとね、ツーちゃんが海女になりたいっていうのは目標なのか、手段なのかってことなのよ」

「海女になるのが目標か手段か……あれっ、どっちだろう？」

ツバサは、天井に目を向けて考えた。

「きっと、どれだけ考えてもわからないと思うの。ツーちゃん、思いはじめてから時間が経っていないし、はっきりと決めるために、まだまだ知っておきたいことがたくさんあるだろうから」

「そう言われてみると、海女のことだけじゃなくて、カンキョーのこととか、もっともっと勉強しなきゃって思っています」

「そうだと思うわ。それが自然じゃないかな。エツさんだったら、きっと生まれた時から海女になることが決まっていたような時代だったでしょ。それ以外のことなんか、まったく考えられないような。でもツーちゃんは、今の時代に生きている。高校行って、やる気があれば大学行って。その上で、はっきりと自分の進路を決めればいい、それが許されるんだから。海女になるのも、それは早い方がいいかもしれないけど、大学を卒業してからだって遅くはないと思うよ。だってエツさんは、七十歳を超えても海女のお仕事してるわけでしょ。ツーちゃん、大学出てから五十年もあるよ」

「大学出てから五十年……本当ですよね。私にとってはぜんぜん先の話なんだ」

ツバサの言葉にアツコは笑顔でうなずいた後、「そうよ、それでね、今日お話ししようと思っていたのが、マサルさんから来たメールのことなの」と言って、脇においていたポーチの中から携帯電話をとりだした。

「えっ、マサルさんからメールが来たんですか」

「うん、私にだけじゃなくてパソコンクラブのみんなに送られたものだけどね。でも大事に保存しているんだ」

アツコが苦笑いをしてみせたのは、メールが自分一人に対してではない気落ちが少し込められているのだろう。

「マサルさん、どんなことを書いていたんですか？」

ツバサはさらりと次の言葉を促した。

「やっぱり想像していたのと、行ってみるのは大違いだったたって。ガレキだらけだった町は自衛隊のおかげでずいぶん片付いていて、仮設道路なんかもかなり早い段階で通ってたらしいの。だけど、テレビでは伝わってこない暑さと臭《にお》い、それにハエの量がすごくって普通に暮らせる状態からはまだほど遠かったみたい」

「やっぱりそうなんだ、本当に気の毒ですね」

アッコとツバサは目を見合わせて、被災地の人びとを襲った想像を絶する過酷《かこく》な現実に思いを寄せた。アッコとツバサはメールの内容はすっかり覚えているようで、携帯電話を見ないで話し続けた。

「マサルさんたちもがんばって、明るいうちは海の復旧作業を手伝った後、夜には避難所に通っていたらしいわ。お食事を配ったり、お年寄りの話し相手や小さい子と遊んだりして」

「……」

「最初はなかなか打ちとけてもらえないところもあったらしいんだけど…。それは無理もないことだよね。でも、やっと気持ちが通じ合いはじめたかなと感じたところで、お別れの日になって」

「……」

ツバサは被災地の様子を想像しながら、じっとアッコの言葉に聴き入った。

「マサルさん、帰りにありがとうって言われるのが一番つらかったって書いてたわ。自分たちは、いったん役割を終えて去っていくけど、現地の人たちの苦しみは終わらない。それなのに、自分たちに感謝の気持ちを表すなんて切なすぎる。いっそ、なんで帰って行くんだって怒られる方が、気持ちは救われるような気がする。でも、また機会を作って自分ができることを探しに行きたい。みんなも、もしその気持ちが生まれた時には、ぜひ何かできること考えてみると良いんじゃないかって。私は何もしていないから偉そうなことは言えないんだけど、マサルさんの気持ち、とても判るような気がするの」

アツコの言葉に、ツバサも現地の人たちが抱えている苦しみの大きさを噛《か》みしめた。マサルが怒られた方がいいと書いたのは、少しでも溜《た》めている気持ちを吐《は》き出してほしいという想いがあったからではないだろうか。ツバサは、漠然とだがそんなことを思った。

「それでね、地元の人からある本を紹介されたんだって。ツーちゃんが前に話してた、気仙沼の森の再生のことを書いた本なの」

そう言ってアツコはすっと立って机の上に置いてあった二冊の本を取り上げて手渡し、ツバサと並ぶように腰をおろした。

「はい、これ私からのプレゼント。しばしお別れのしるしよ」

「えっ、嬉しい。いいんですか」

「うん、ツーちゃんのために買っておいた本だから、好きな時に読んでね」

ツバサが手にした文庫本の表紙には『森は海の恋人』というタイトルが書かれていた。もう一冊のペーパーバックは『鉄が地球温暖化を防ぐ』という題名だった。

「この本はどちらも、気仙沼の畠山重篤《はたけやましげあつ》さんっていうカキの漁師さんが書いたの。ツーちゃんが見た特別番組にも出ていた人じゃないかな」

「あ、きっとその人です。『森は海の恋人』って、本にもなっていたんですね」

「うん、気仙沼の海が再生していったいきさつがまとめられているの。最初は畠山さんがたった一人で行動されたものだから、ずいぶんご苦労されたみたいよ。漁師さんが森林の問題に関わっていったわけだから、想像もつかないくらい大変だったんじゃないかな。でも、粘り強く取り組んで仲間を増やしていかれて、その熱意と行動力には本当に感動したわ。それとご自身が小さい頃の、味わい深い思い出話も書かれていてね。昔の東北地方の漁師町の様子がわかるから、ツーちゃんにとってても興味深いんじゃないかな」

「昔の東北地方って……、行ったことがないから想像つかないけど、八幡野とはずいぶん違うんでしょうね」

ツバサは、ミナコが秋田県の出身であることを思い出した。—もしかしたら、お母さんが過ごした町の環境に近いかもしれない……、そう思うと、すぐにでもページを開きたい気持ちになった。

「それでこっちの本に書かれているんだけど、畠山さんは森林がもたらす鉄分が海の生物に作用して、植物性のプランクトンや海藻。やがては魚介類が増えていくということを、理論的に解明していったのよ」

「あっ、そのことテレビで少しやっていました。この本に詳しく書いてあるんだ。でもそんな話を聞くと、漁師さんというより科学者みたいですね。ウチのお父さんでもわかるのかな」

「ふふふ、こんど聞いてみたら。それで面白いなって思ったのが、ちょうど同じころに、アメリカで鉄と海の関係を研究していた科学者がいたんだって。そのことを畠山さんに教えてくれたのが、北海道の大学の研究者。やっぱり畠山さんと同じ考えを持っていたので、畠山さんが進めてきたことが、学問的に裏付けられていったというわけ。北海道や地球の裏側のアメリカで、同じ頃に同じことが行われていたという偶然って、どこかロマンを感じない」

「はい、感じます感じます。広い世界のいろんなところで、つながりが生まれてくるって面白いですね」

「ほんと。それに日本だけじゃなくて、世界中で海や森の環境を守っている日本人って少なくないらしいの。地理の先生に教えてもらったんだけど、アラビア湾のマングローブ林を再生させて現地の漁業を復活させた人や、世界中に植林活動している人。砂漠の緑地化を進めている人とか、調べていったらすごい数になるんだろうって。そんな話を聞いていると、ひと一人の力って偉大なんだなあって思わずにいられないわ」

「そうなんですね。じゃあ八幡野の海もアツコさんとマサルさんの力で、いつか豊かになってほしいなって希望がわいてきます」

「ふふ、ありがとう。このごろ自然の回復ってよく言われるけど、とくに海の問題は差し迫ってる気がするんだ。長い進化の歴史を辿《たど》ると、海草こそがすべての生物の原点なのよね。陸上の木々だって、もともとは海草が進化したものだし。海草があって、その周りに小さな生き物が集まる。ちょうど、林や森の近くに、私たちがお家を立てるのと同じよね。木がなければ自分で植えたり、お花なんかを育てて。果物や野菜も作ったりすると、ちょっとした安心感を覚えるじゃない」

「そうですよね、海の生き物たちがどんどん進化して、今の私たちにもつながっているんですよね」

ツバサの言葉を笑みで返すと、アツコはふと考える仕草をしてから口を開いた。

「ウチのお父さん、伊豆半島の不動産を扱っている会社に勤めているって、前に話したでしょ。それで、このごろの伊豆半島の開発のことをインターネットで調べてみたの。そうしたらね、風力発電のことがヒットして驚いちゃった」

「熱川の風力発電ですか？」

「ううん、熱川だけじゃなくて、稲取やその先の下田の方まで、かなり広がっているみたいよ」

「自由研究でも風力発電の発表をしているグループがあって、すごく面白かったです。こんどお父さんに連れていってもらおうと思っているんですが、どんどん増えていくと良いなって思っていました」

「そうなの、教科書にも未来のエネルギーとか書いてあるじゃない。でも騒音や健康被害のために反対運動が起きていて、簡単に進まないんだって。お父さんの会社も関わっているのかどうか、話を聞いたことがないから判らないけど、何となく最近元気がないから、そういう関係もあるのかなって……」

「風力発電も、良いことばかりじゃないんですか？」

「うん、.やっぱり新しい開発をするっていうのは、どうしても光と影があるのよね。もともと開発によって伊東の町は経済が潤《うるお》って、多くの人たちが働けるようになった。それに、こうしてツーちゃんと私も出会えたわけでしょ。でもその一方で、失われたものだって少なくはないんだよね」

「そうかぁ、アツコさんに出会えたのは開発のおかげなんですよね。私、ホテルなんかもちろんだけど、別荘地の方とか行ったことがないから、開発のことってあまり考えたことがなかったです。そう言えば八幡野にも、いくつかマンションがありますが……」

竜宮さまの目の前にも、海を見下ろすように大きなリゾートマンションが建っているが、ツバサはどんな人が住んでいるのかさえ知らない。

「もうこれからは、誰もが賛成できる開発なんてないんだよね、きっと。何かをはじめようとすると、何かを犠牲にしなければいけないことを、これまで日本はさんざん体験してきたわけだから。でもその壁を乗り越えて、これからの時代に必要なものを生み出し続けていくことが、やっぱり多くの人びとが幸せに生きていく道なんじゃないかな」

やや思案気な顔つきをしたアツコだったが、再び目元を引き締めた。

「ツーちゃん、だから私ね、大学でしっかり勉強してから政治の道に進みたい気持ちが、ますます強くなってきているの。今を生きる人が豊かさを求めながら、未来のために、何を我慢《がまん》していかなければならないのか。まずは私自身が納得できる答を探しに行くぞ、ってね」

「私、アツコさんがそういうふうに言われると、頼もしいです」

「小さな私一人で何ができるかわからないけど、やっぱり伊東が豊かな海と未来を築く方向に発展していってほしいの。そのために進めなければならないことと、絶対に傷つけてはいけないもの。

それに、回復させなければならないことがあるはずなんだよね。大切な自然との調和を図って、みんなが幸せに暮らしていける世の中になってほしい。それで、自分がそのお手伝いをしていきたいって思っているんだ」

「アツコさん、絶対にがんばってください！　あ、でも人ごとじゃないですよね。私もアツコさんに続けるようにがんばるぞ」

再び力強く拳《こぶし》を挙《あ》げたツバサの手を、アツコは受け止めるように両の掌《てのひら》で優しく包み、自分の膝《ひざ》の上に添えた。ツバサはアツコのぬくもりを感じながら、いっそう気持ちが通じ合う喜びがこみ上げてきた。

アツコの家からの帰り道、篠《しの》つく雨は降り続いていたが、ツバサは晴れ晴れとした気分である。ツバサは、自分がこれから進むべき道に、小さな光明が照らされたように感じていた。

―私が持ち続けるべきものは、確かな人生の目標なんだ。アツコさんが言ってたように、手段は決める時が来たら決めればいい。大きな目標を持って生きられるよう、私は目の前の課題にしっかりと向き合っていかなくちゃ……。

ツバサは口元を引き締め、まっすぐ前を向いて歩いた。

十五

校門の前に植樹された桜をふと見やると、すっかり花が終わり若葉の季節に移りはじめている。もうすぐ八幡野の町も、むせかえるような緑と、ミカンの花の甘い香りに包まれることだろう。ツバサは学校を出て家に向かいながら「そろそろかな」と、新しい季節の訪れに胸をはずませた。一カ月ほど前、ツバサは再びエッちゃんの家を訪ねた。

「エツさん、また漁が始まったら、船に乗せてもらえますか?」

「ああ、四月一日が口開《くちあ》けだから、その時分はよく採れるさぁ。まだ海は寒いから、天気のいい日に連れて行ってやるよう」

「お願いします。ずっと、エツさんが漁に出るのを楽しみにしていました」

この夏、ツバサは折を見て漁に連れて行ってもらおうと思っている。もちろん、すぐ海女になるためというわけではない。去年の秋にエッちゃんが、ツバサが来るのを待っていた、と言ってくれたのである。これから環境問題を学んでいくうえで、役に立つことも多いだろう。さらには受験勉強の気晴らしという目論見《もくろみ》もあった。次の休みが天気になるといいな、と思いながら家に帰ると、祖母がぶ厚い封筒を手渡してくれた。大学に進学したアツコからの手紙だった。「ありがとう、おばあちゃん」ツバサは部屋に駆け上がり、はやる気持ちで封筒を開けた。

太田翼さんへ

ツーちゃん、お元気ですか。新学期が始まり、いよいよツーちゃんも三年生ですね。今年は受験勉強で大変だと思うけど、自由研究の時の気持ちで、がんばってください。

私は、こちらへ来てから目まぐるしい日々です。一人暮らしっていうこともあるけど、高校までとは生活のサイクルがまったく違うから、とにかく慣れるだけでも精一杯です。大学の方は、オリエンテーションという授業の説明会が始まって、受講する科目を検討しているところです。昨日は、とても興味深い模擬授業を受けました。若いけどすごく気持ちがアツい先生の『現代文明論』という講義なの。先生は「中国など新興国の躍進で、これから食料とエネルギーの争奪戦が激しくなっていく。資源が乏しい日本は、ますます厳しい時代に向き合っていくが、なおわが国の科学や技術の担うべき役割は大きい。これから私たち日本人は、世界の中でどのような位置に立ち、人類の発展と幸福に貢献していけばいいのか。そこに自分の人生を、どう関わらせていくことが求められているのか。今の時代を生きている人間は、私たちの先祖だけでなく、共に生きている人たちの犠牲の上に生きていることをかみしめながら、一人ひとりが答えを出していかなければならない。日本と世界の現状を見つめて、これから一年間かけて話し合っていこう」って言われました。

先生のお話は、私の今の問題意識とすごく重なるところがあって、すぐに選択することを決めました。もちろん私には、世の中の難しい問題をどう考えていけばいいのか判りません。でも、自分にできることは何なのか、大学時代にその手がかりをつかみたいと思っています。今は必修科目の他に、自由選択で何を勉強しようか、わくわくしながら考えているところです。できるだけ、海の資源と環境に関する授業を選ぼうと思っていますが、潮流発電やバイオエネルギーの分野なども興味深くて、いろいろと悩ましいです。

部活動では、前にも話したジャズのサークルに入りました。新入生のサックス希望者は三人いて、初心者は私だけ。音は簡単に出せたんだけど、経験者とは響きがぜんぜん違うの。みんなすごく上手で、さすがに強心臓の私も、ちょっと怖気《おじけ》づいてます。今はまだ、地味なロングトーンの基礎練習を繰り返しているだけですが、自分で決めたこと。絶対に四年間やり通してみせるわ。早く、ツーちゃんに聞かせてあげられるくらい、腕を上げたいな。勉強のこと、クラブ活動のこと、何もかもが高校のときとは次元が違い、四年間、これから自分がどのように成長していけるのか、楽しみでなりません。また、大きな出来事などがあったら、ツーちゃんにメールか手紙を送りますね。

ツーちゃんに描いてもらった伊豆大島の絵は、部屋に貼って毎日眺めています。ベガと一緒に、ツーちゃんといろんなお話したなって、今でも懐かしく思い返しています。エツさんも、もう漁が始まった頃かな。この絵を見ていると、八幡野の海が目の前に浮かんできます。

そうそう、昨日は静岡県人会の新入生歓迎コンパがあり、マサルさんに会いました。マサルさんから声をかけてくれて、ちょっと胸がドキドキだったかな。たくさん人がいて、ゆっくりお話できなかったのは残念でした。でも、今年の夏は北海道に行くって言っていたの。『五十年がかりで荒れていた森を再生し、ニシンが戻ってきた襟裳岬《えりもみさき》と、長年植林活動が続いている知床岬《しれとこみさき》を見に行ってくる。いつか伊東の町に帰って、海を豊かにするための具体策を、絶対に見つけくるんだ』って張り切ってました。相変わらず、すごいバイタリティーだなって感心します。畠山重篤《はたけやましげあつ》さんも去年の国際森林年にちなんで、この二月に『森の英雄（フォレスト・ヒーロー）』として国連から表彰されたし、そのこともすごく刺激になっています。

最後になりますが、ツーちゃんと約束した、鳥羽《とば》の博物館への見学が先送りになってしまったのは、ごめんなさいね。私は決して忘れていませんから、時間が取れたら一緒に行きましょう。ただ、その前に東北にも行ってみたくて、アルバイトでお金を貯めようと思っているの。ツーちゃんから聞いた気仙沼の海を見て、町の人たちのお話しを聞いて、お手伝いをしながら自分にできることを改めて考え直してみたいと思っています。夏休み、八幡野に帰った時には、またベガを連れて東ノ浜へ行くからね。ツーちゃんに会えるのを、今から楽しみにしています。

小川敦子

ツバサは、アツコからの便りを読みながら、アツコがいちだんと手が届かない、遠くの世界に向かって歩みはじめていることを頼もしく、一方で少しさびしい想いを感じていた。二度、三度と繰り返し文字を追ったツバサは、便箋《びんせん》を引っ張り出して返事を書いた。

小川敦子さんへ

お手紙ありがとうございました。敦子さんからのお便りを、何度も何度も読み返してしまいました。私も、敦子さんとお話した日のこと、今でもときどき思い出しています。

そして、もしあのとき、敦子さんに出会わなかったら、私は今ごろどんなことを考えて、何をしているのだろうかって、思うときがあります。人の出会いって、不思議ですよね。そして今、敦子さんが新しい世界に踏み出そうとしている様子が、お手紙からひしひしと伝わってきました。

今、私が自分なりの目標を持って、受験勉強をしっかりやっていこうっていう気持ちになっているのは、敦子さんと知り合えたからだって、はっきり言えます。これからも、多くの人に会って、いろいろなことを教えてもらうことでしょう。でも私は、敦子さんが一番の目標であり、私の人生に大きな影響を与えてくれた人だと思っています。本当にありがとうございました。これから一歩ずつ敦子さんに近づいていけるよう、まずは同じ高校に入るために受験勉強をがんばっていきます。

エツさんには、近いうちに漁に連れて行ってもらうことになっています。鳥羽の博物館のことも、覚えていてくれて、嬉しかったです。敦子さんと、いつか一緒にいける日を夢見ています。ヒデも連れて行ってほしいって言っていましたので、その時には考えてやってください。こんどは、敦子さんから大学のお話とか、いろいろと聞かせていただくのを、楽しみにしています。東北のことも、敦子さんらしいって感動しました。ベガにも会いたいから、夏休みに帰ってきてくださいね。

太田翼

翌週の土曜日、ツバサがエッちゃんの漁に同行することになっていた日のことである。この日は朝から大地を洗うような激しい雨が降っていて、漁に出られる天候ではなかった。ツバサは、家の中で所在《しょざい》なげにしているヒデにからまれるのもうっとうしく、一人でぶらぶらと浜に出かけた。雨が視界をさえぎる浜には人気《ひとけ》はなかったが、霞《かす》む視界の中にぼうっと浮かぶ赤い傘が目に飛び込んできた。近づいていくと、波打ち際に立っているのは、キヨシの娘のサキだと判った。お祭りと乗り初《ぞ》めの時はともかく、この浜でサキを見かけるのは初めてのことである。コンビニエンスストアの前でのほろ苦い記憶が蘇えり、すぐに引き返そうとしたが、ツバサを認めたサキの方から歩み寄って来た。サキは傘を掲《かか》げるように上げて明るい口調で言葉を投げかけてきた。

「こんちわ、ツーちゃん。久しぶりだね。私、高校に行って水泳部に入ったの。それで部活が休みの時とか、ときどき海に来るんだ。もう少ししたら泳げるかなって。それよりも、ずいぶん前のことだけどあの時はすぐに助けてあげなくてごめんね」

そう言ってサキは神妙な顔つきで頭を下げた。いきなりサキから謝罪の言葉を聞かされてとまどったツバサだったが、傘を少し上げて小さくうなずいた。

「あの時はちょっと怖かったけど、そのあとサキさんが行方不明になったって聞いたときは、すごく心配したんですよ」

ツバサはいたずらっぽい顔をして答えた。サキは一人で風車を見に行った日のことを思い出した。大川のホテルからの帰り道、サキの心にはある変化が生まれていたのだった。車を運転しながら「母さんも心配で、気持ちがおかしくなってまうかと思っただよ」と言う父親の横顔を見ているうちに、しみじみと感謝の念がこみ上げてきたのである。サキの胸の中に、守るべき大切な存在を抱《いだ》く男の強烈な存在感が身に迫ってきた。サキはハンドルを握る父親の太い腕を見ながら、ついさっき見た風車に自分の決意を重ね合わせた。風車がゆっくりと回って電気を溜《た》めるように、自分も力を蓄えいつかは確かな世界を築いていこうと。

「アハハ、今思うと中三の頃の自分はおかしかったよね。中学の担任が水泳部の時の顧問《こもん》で、お前はどうしようもないやつだけど、たった一つの取り柄《とえ》は水泳だ。高校行って真面目に水泳やり直すんだったら、内申書を書いてやるって。それで水泳部にも入ったの」

「そうなんですか、入学おめでとうございます。そう言えばサキさんは、すごく泳ぐの上手いから、県大会とかで大活躍するんじゃないですか」

「まだまだ先輩たちには敵《かな》わないけどがんばるわ。それと、父さんから本気で海女になれって言われて、エツさんのことも紹介してもらったの。先週の日曜日、船に乗って漁にも行ったんだ」

思わぬサキの話に、ツバサは虚《きょ》をつかれた。

―サキさんがエツさんの船に……。エツさんと、どんな話をしたのだろう。エツさんは、サキさんのことをどう思ったのかな。海女になりたいと言ったのは、私の方が先だったのに……。

サキはツバサの気持ちの揺らぎには気づかず話を続けた。

「まだはっきり決めたわけじゃないし、エツさんに認められるかどうかもわからないんだけど、海女の道に進むのもいいなって、このごろ本気で思いはじめているの。やっぱり泳ぐの大好きだし、ここに来て海見てると、本当に気持ちが落ち着くんだ。こんな近くにいて、どうして今までそれが判らなかったんだろうって、情けなく思うよ」

そう言うとサキは、沖に向かって大きく伸びをして、胸いっぱいに潮風を吸い込んだ。

「そうだ。ツーちゃんもいっしょにやろうよ。私がエッさんからいろいろ教えてもらっておくからさ」

「えっ、いっしょに?」

唐突《とうとつ》な誘いにツバサは言葉を失ったが、サキはあっけらかんとした口調で続けた。

「そうだよ。この浜には、エツさんだけでなく、チヨさんもいるんだよ。ふたりで競争し合っているじゃない。今度はツーちゃんと私で競争しようよ」

ツバサは、何の屈託《くったく》もなく話すサキの表情に、なんとなく気分が和《やわ》らぐのを感じた。

「そうかぁ、そう言えばそうですよね、その方が心強いですよね。私が自由研究で海女になりたいって言ったのは真剣だったし、今でも本気で思っています。でも、まだ私はこれから高校を目指す身だし、進路のことはじっくりと考えていくつもりです。でも、もし私も海女になる時には教えてくださいね」

ツバサの胸のうちに、サキのことを応援したい気持ちが芽生えていた。

―当分はエッちゃんの漁に同行するのはお預けかな……。ツバサは心の中で小さく笑った。

エピローグ

夏の湿った空気が軽くなり、日に日に鮮やかな輪郭《りんかく》を描きはじめた伊豆大島が、秋の深まりを知らせていた。白いさざ波に濡《ぬ》れる沖ノ島の先に、一艘の小舟が黒い影をつくり、時おりひゅーい、ひゅーいと鳴る磯笛の音を風が運んでくる。エッちゃんはカマサザエを採りにきているのだろうか。ツバサは海女小屋の脇に座り、ざわつく波の音と磯笛を耳にしながら、じっと海を見ていた。

東ノ浜には、多くのダイバーたちが行きかい、嬌声《きょうせい》を上げている。だが、ツバサの目に、ダイバーの姿は入ってこなかった。ツバサの瞼《まぶた》の裏に映っていたのは、焼ける石に足を焦がしながら、浮き輪を持って海に走っていく小さな女の子だった。女の子を男の子が追って、二人は水しぶきをたてて海に入っていく。やがて、男の子に浮き輪番をさせて、女の子は海の中に消えていった。女の子は、次々とサザエを採ってきては、男の子に手渡す。女の子はさほど泳ぎは達者《たっしゃ》ではない。だが、海の底には星が降るほどにサザエがいるので、女の子でも容易に採ってこられた。

間もなく男の子は、もう入らないよとばかりに首を振って、サザエで膨《ふく》れ上がったスカリを女の子にかざす。女の子は得意の笑みを浮かべた。二人はいっしょうけんめい泳いで浜まで戻り、両親の許《もと》に走っていく。両親は、丘番をして湯を沸かしていた。スカリを受け取ったテツの笑顔が輝き、四人はサザエを湯の中に落としていく。あたりに、磯の香りがぷーんと漂った。女の子は、ミナコにほめられて照れくさそうに笑っている。いや、ツバサの脳裏に映っていたミナコの姿は、あるいは自分自身かもしれなかった。

海の上では、この日最後の潜りから上がったエッちゃんが、船頭に大きく膨らんだスカリを手渡して船に上がってきた。エッちゃんは、小さく息をついて腰を下ろすと「ちょっとゆっくりしていこうか」と声をかけた。今年の漁期も間もなく終わりを告げる。このあと、よほど大きな台風などが続かなければ、一年間の水揚《みずあ》げ目標は何とか達成できそうだ。昨年からは後継問題なども浮上して、この夏にはサキが二度ほど船に乗り、エッちゃんにとっては特別な思いが心に刻まれる年となっていた。

「ツーちゃん、あれからどうしてるかな?」

エッちゃんは遠く港の方を見ながら一人言のように船頭に問いかけた。

「この夏は結局、来なんだなぁ。まあ、あの娘のことだから受験勉強に精入れてるさ。たまには、息抜きにでもくればいいだけどな」

そう言って船頭は、エッちゃんが歌を歌うのかなと待っていたが、どうやらその気配はない。思えばエッちゃんは、この頃すっかり歌を歌わなくなっている。もしかしたら、気持ちにひと区切りついたのだろうか。船頭がそんなことを思っていると、ややあってエッちゃんはぽつりと言った。

「竜宮さまとわっしの娘が守ってるから、ここじゃあもう二度と、あんな悲しい事故は起きてないって、ツーちゃんに話してやっただよ」

そう言うと、エッちゃんは遠く竜宮さまのほうを見やった。船頭も一本松の方に視線を送って口を開いた。

「これからも、ずっと起きてほしくないさ」

ずっとと言う船頭の言葉の裏には、サキとツバサの顔が浮かんでいる。船頭は、エッちゃんが心がわりをして、後進に道を託す意思を固めたことを感じ取った。

「ツーちゃんとサキちゃんの眼ぇ見てたら、子どもの心を殺すわけにいかんなぁ、って思ったさ。それに、わっしが絶っちゃいけねぇってな」

震災後、折に触れ耳にするようになった絆《きずな》という言葉が、このごろエッちゃんの心にとりついて離れない。テツの父親と自分と娘。そして今、自分とテツの父親の孫娘にあたるツバサとの間に結ばれはじめた不思議な縁《えにし》……。自分はテツの父親に海女の手ほどきを受け、ここまで生きてきた。もし娘が死ななければ、今ごろは彼女がテツの船に乗っていたことだろう。しかし、不慮《ふりょ》の事故がその連鎖《れんさ》を断ってしまった。それは自分自身の不幸でもあるが、テツの一家も平穏な日常を失ったのである。

ひととき自分は次の娘の子育てに追われ、人生に新しい視界が開けた時期もあった。しかし十年ほど前にその娘も家を離れ、五年前には夫にも旅立たれている。エッちゃんはたった一人、夫の墓を守りはじめた時から、「あの娘が生きていたら……」という詮《せん》ない想いとともに、別の孤独が襲いはじめたことを感じている。それでも授《さず》けられた運命を受け入れ、身をけずりながら細々と八幡野の海女漁を守ってきた。だがこのごろは、八幡野の海女漁とともに消えゆく自らの引きぎわが、ひたひたと歩み寄る気配を覚えずにはいられない。そこへ、断ち切れかけた鎖を復させようと新しい環《わ》をさし出されたのである。このまま「自分がついてさえいたら……」という悔恨《かいこん》の想いだけを一人抱《だ》きしめたまま、娘の許《もと》へ行くのがいいことなのか。ツバサとサキの透明なまなざしを見ているうちに、エッちゃんの気持ちに変化が現れはじめたのだった。

──上手くは言えねぇけど、絆ってのは、たまたまそこにあるわけじゃあねぇ。人と人とが、強い思いをもってこしらえていくものじゃねぇのかなぁ……。

エッちゃんは船頭に心の中で語りかけた。絆は自然に生まれるものではなく、人の強固な意志によって託される、太い命綱であることに思い至ったのだった。

「なんにしても、こんな年寄りにまだ人の役に立つことをさせてくれるってぇのは、ありがたいことさ」

「そりゃあそうだ、これ以上に幸せなことはないだじゃ」

船頭は深く皺《しわ》が刻まれた黒い顔をうなずかせ、目を細めた。ややあってエッちゃんの「帰ろうか」

という言葉を合図に、船頭は波気が立ちはじめた海にエンジン音を響かせ、船を港に向けた。

海風が潮の香りを乗せて、ふわっとツバサの頬《ほほ》をなでていく。耳に磯笛の余韻《よいん》を残しながら、ツバサは透《す》き通った眼で海を見つめていた。自分の身の周りの生き物を大事にすること。小さな命を守り、傷《いた》んだものを回復させていくこと。その営みを重ね、人びとに知らせていくことを誰かがやらなければならない。人びとの共感は、新しい時代を支える力につながるはずだ。おぼろげながらも、ツバサは自分の想いが姿をのぞかせはじめていることを感じた。

自分はやはり、この海を豊かにするために生きていきたい。そのためにも、自分にいちばんふさわしい人生航路を選んでいくのだ。アツコは行政、やがては政治に携《たずさ》わることになっていくのだろう。サキは、この海に潜り続けていくに違いない。マサルは研究者として帰ってくるはずだ。そして自分は、どんな道を歩みながら、八幡野の海と関わっていくのだろうか。ツバサが光る海を見やっていると、遠くの景色が微《かす》かに揺れた。波音を割って耳に響くエンジン音が高くなり、エッちゃんと船頭を乗せた船が港に近づいてくる。ツバサは腰を上げ、船着き場に向かってゆっくりと歩を進めていった。

（了）

あとがき

本書は、私が伊東市八幡野に住んでいた二〇〇四年から二〇〇八年に当地で見聞きしたことを基《もと》に著した物語です。当時『いとう漁協八幡野支所』に勤務されていた肥田照仁さんとの出会いがきっかけでした。二〇〇五年、八幡野の磯でイカ釣りをしていた時にさかのぼります。日が落ちて、あたりはすでに闇の中。足元十メートル下は白い波が渦巻《うずま》く暗い海という断崖に立ち、私はひとり竿《さお》を振っていました。へっぴり腰で立つ私の横にやってきて「どう、釣れてる？」と声をかけてくださったのが、肥田さんでした。互いの白い眼しか判別できない暗闇の中、初めて交わした会話です。この時、釣れなかった私に「持ってきなよ」と、大きなアオリイカをくださったことがきっかけで、何度か話をするようになりました。肥田さんには地元八幡野の海を愛する方々を紹介していただき、漁師のイサムこと稲葉功氏。青木丸の若き船長で、今はエッちゃんの船に乗る青木洋一氏から話を聞くうちに、私は伊豆という土地の魅力にどんどんとりつかれていきました。その後、海女のエッちゃんとチヨさん、八幡野ダイビングセンターのキヨシこと米澤清博氏を紹介していただき、肥田家を訪ねては追加取材。自分なりに調査を加えてまとめたものが本書の原案となりました。二〇〇八年のことです。この時点で、人生の恩人である谷口正彦氏、当時東京都教育委員会に勤務されていた文芸愛好家の牛山裕美子さんに読んでいただき、丁寧な感想とご助言をいただきました。また慶應義塾大学時代の友人二人、映画監督の塩屋俊氏と文芸に精通している早川三津子さん、そして現在は宮城県女川町で学習支援のNPO活動に取り組む「船橋よみうり」の元記者、松本真理子さんからも、温かい励ましのお言葉をいただきました。その後、私は伊豆の地を離れましたが、本作品のことはずっと心の片隅に残っていました。

三年後の二〇一一年三月、東日本大震災が起きました。私は直ちに肥田さんをはじめ、伊東の知人に電話をいたしました。当時の様子は本書にも記しましたが、伊東も被災地であることがひしひしと伝わってきます。一方で私は宮城県のカキ養殖の復旧に取り組むNPOに加入し、夏には気仙沼高校へお見舞いに伺いました。現地の傷ついた惨状には目を覆うばかりで、小さな自分の無力を感じずにはいられません。

自分に何かできることがないかと考え、ふと思い出したのが本作品のことです。そこで二〇一二年を迎えてから加筆し、私が勤める学校の保護者会の永山尚滋前々会長と稲村秀博前会長、先輩校長の桑原正男先生に読んでいただきました。お三方には強く勇気づけられ、ベネッセ時代の先輩で出版社を経営している矢熊晃氏に原稿をお送りしました。二月末、原稿に目を通した矢熊さんは出版を即断してくださいましたが、ここからが長い時間です。矢熊さんから、再三にわたって完成原稿を仕上げるためのご助言をいただき、毎週末は修正に追われる日々でした。矢熊さんは根気よく私の作業を見守ってくださり、ようやく完成の運びに至った次第です。

ここには書ききれませんが、八幡野の歴史について貴重な資料提供をしてくださった八幡野コミュニティーセンター前館長の江黒俊男氏。伊東の裏面史を教えてくださった柏木不動産の柏木久夫社長。子どもの世界をとりまく様子については、カラーコンサルタントとして活躍される大学の同級生、横川緑さんが彩りを添えてくださいました。さらにベネッセ時代の仲間や母校時習館高校の同級生など、数え切れない人の応援と、肥田つばささんの爽《さわ》やかな笑顔。そして、私が勤務する高校で、それぞれの目標に向かって日々努力する生徒たちの姿が、励みになりました。素敵な表紙画を描いてくださった、しまじろうの図案者である国本雅之さんからいただいた「久しぶりに一緒に仕事ができて嬉しい」とのメッセージは、私の想いでもあります。

お世話になった皆さまへの感謝の気持ちと、伊東の末永い漁業の発展。そして東日本大震災からの復興に願いを込めて、本書から発生した収益は有効に活用させていただくつもりです。

二〇一二年　水無月のころ

水野次郎

著者　**水野次郎**（みずの・じろう）

1957年、愛知県生まれ。慶應大学文学部英文科卒業。1982年、福武書店（現ベネッセ）入社。幼児雑誌『こどもちゃれんじ』の初代編集長として人気キャラクター「しまじろう」の名付け親となるなど、以後10年間にわたり編集長、事業責任者を担う。2003年、ベネッセを退社し、伊豆へ移住。2008年、高校の民間人校長登用試験に応募し、採用となる。半年間の研修期間を経て、2009年4月、民間人校長として着任、現在に至る。2007年第11回伊豆文学賞に応募し「海師の子」で優秀賞を受賞。

装画　**国本雅之**（くにもと・まさゆき）

1958年、三重県生まれ。東京造形大学卒業。イラストレーター、テディベア作家。ベネッセの幼児雑誌『こどもちゃれんじ』の創刊時に「しまじろう」「らむりん」「とりっぴい」などのキャラクター制作に関わる。本業の傍ら、モールでテディベアを作る独自の方法を考案し、ミニチュアモールベア作家としても活躍している。主な著書に『はじめてでも作れるたった3センチのミニチュア・テディベア　モールベア』（大門久美子氏との共著・新紀元社）『モールで作る小さなどうぶつ』（河出書房新社）など。

地図制作　長谷川慎一
図書設計　辻 聡

DMD

出窓社は、未知なる世界へ張り出し
視野を広げ、生活に潤いと充足感を
もたらす好奇心の中継地をめざします。

ツバサの自由研究　磯笛の絆 いそぶえのきずな

2012年7月14日　初版印刷
2012年7月24日　第1刷発行

著　者　水野次郎

発行者　矢熊 晃

発行所　株式会社 出窓社

東京都武蔵野市吉祥寺南町 1-18-7-303　〒180-0003

電　話　0422-72-8752
ファクシミリ　0422-72-8754
振　替　00110-6-16880

印刷・製本　シナノ パブリッシング プレス

ISBN978-4-931178-80-9